ボヘミアの森と川
そして魚たちとぼく

オタ・パヴェル
菅寿美／中村和博 訳

未知谷
Publisher Michitani

ボヘミアの森と川
そして魚たちとぼく

目次

幼年期

コンサート　8
黒いパイク　12
ぼくの初めての魚　14
パイクで勝負　19
シーマ岩の下で　23
おやじとウナギをもてなしたお話　27
白いヤマドリタケ　33
お前を殺すかもしれないぞ　38
ドロウハー・ミーレ　50

向う見ずな青年期

戦後、プロシェクさんのところで　66
小さな鱒　71
のっぽのホンザ　77

潜水艦での魚釣り　109
ハガツオ　120

回帰

プンプルデントリフ　130
ジェフリチカ　137
来いよ、入れ食いだぞ！　145
釣り竿泥棒　149
ぼくらが魚釣りで死んだお話　155
ぼくらが魚釣りで死ななかったお話　166
メイド・イン・イタリーの靴　170
金のウナギ　176
エピローグ　197

王国半分をその言の葉に（カレル・シクタンツによる序文）　202
訳者あとがき　218

《プラハ～クシヴォクラート地方》
ヴルタヴァ川
ブシュチェフラット
クラドノ
リヂツェ
プラハ
ラーニ
ラコヴニーク
クシヴォクラート地方
ペトシーン
ヴァーツラヴァーク
（ヴァーツラフ広場）
スミーホフ
クシヴォクラート城
ズベチノ
スクシヴァニュ
ネザブヂツェ
ベロウンカ川
悪魔岩
ルフ・ポド・
ブラーノヴェム
ストラドニツェ
ラドチーン
ズブラスラフ
ティージョフ城址
ベロウンカ川
スクリエ
10km
ベロウン
カルルシュテイン城
チェコ
ドイツ
ポーランド
オフジェ川
ラベ川（エルベ川）
ポドボジャニ
ラコヴニーク
プラハ
ベロウンカ川
ベロウン
ヴルタヴァ川
クトナー・ホラ
オドラ川
（オーデル川）
モラヴァ川
スヴァター・ホラ
ターボル
ルジュニツェ川
スヴラトカ川
ヴィゾヴィツェ
ネジャールカ川
チェスケー・
ブディェヨヴィツェ
スロバキア
オーストリア
《南ボヘミア地方》
ヴルタヴァ川
ターボル
プシービェニツェ
スホメル
ルジュニツェ川
ソビエスラフ
ネジャールカ川
ハムル
ロジュムベラーク
ルジュニツェ川（新川）
ルジュニツェ川
（旧川）
チェスケー・
ブディェヨヴィツェ
ウ・チカルスキーフ
10km
スフドル
（スフドル・オンタリオ）

ボヘミアの森と川
そして魚たちとぼく

装画、本文イラスト　柴野邦彦

幼年期

コンサート

釣りをやるのなら、誰であれ、まだ小さな男の子や女の子のうちに、何か魚に触れ始めるのにこしたことはない。もし、お父さんやおじさん、またはどこかの渡し守さんが、魚釣りのこつを手ほどきしてくれるのなら。ぼくらの場合、ルフ・ポド・ブラーノヴェム*の渡し守、カレル・プロシェクがその人で、彼はしだいに、ぼくらにとってそんなおじさんとなっていった。

＊ チェコ共和国中央ボヘミア州ラコヴニーク郡にあるブラーノフ（ブラノフ）村の地域名。

プロシェクは兄貴のフゴとイルカとぼくの三兄弟にだけではなく、うちのしたたかなおやじにまで魚のとりかたを教えた。プロシェクおじさんは、おそらく、カッパたちのようにベロウンカ川*1で生まれ、洪水の波に乗ってルフにやってきたのだろう。美しい口ひげを竜騎兵のように蓄え、朗々とした声の偉丈夫だった。世の中のことは何でもこなした。畑をすき、種をまく。牝牛の乳を搾り、〝炭鉱夫料理*2〟を作る。生えていないはずの時期にヤマドリタケやヤマイグチを見つけ出す。増水した川を舟で渡す。カゴを編む。ノロジカを狩る。人々を守り、凍えた動物たちだって守る。わからずやどもを叩きのめす。それに加えて、彼にはユーモアのセンスまであった。命の次に大切なかばんを抱えた、産婆のフリーベルトヴァーさんを乗せて、大水の川を何度か渡してやったことだってあった。そして、漁の仕方についても万事心得ていた。月夜の晩に舟からモリでひと突きする、魚の通り道にウケを仕掛ける、仕掛け縄を投げる、そして貴族のように悠然と竿釣りをする。

当時はまだ、昔のオーストリアの支配下にあった。クシヴォクラート城[*1]には、マクス・エゴン・フュルシュテンベルク領主が鎮座ましまして、〝炎のグラーシュ[*2]〟を食べては、ラコヴニーク産のビールを飲んでおいでになった時代だ。プロシェク漁師はその地方で一番の名人と認められ、ありとあらゆる方法で、全ての河川で魚をとってよいというお墨付きを領主からいただいていた。ただ、蓮の花のように真っ白な肉をしたウナギだけは、城に献上しなければならなかった。プロシェクは、それを入れるために、奥さんのカロリーナ夫人が帆布で仕立てた袋を持っていて、ウナギを生かしたまま、ベロウンカ川に沿って城へと運んでいた。城門はプロシェクを前にすると、あたかも騎士を迎えるかのように、ひとりでに開いた。ヤニ塗りの木製の容器の中にウナギを水ごと打ち明けると、金貨を頂戴することもしばしばだった。金貨の上には皇帝の姿が刻印されており、金貨全体が太陽のように輝いた。

＊1　プルゼニュからプラハへと流れヴルタヴァ川に合流する全長一三九kmのチェコの河川。
＊2　ゆでたパン生地、サラミ、ジャガイモ、玉ねぎなどを炒め合わせた料理。ウフリージナ。

＊1　ラコヴニーク地域にある十三世紀に建築されたゴシック様式の城。チェコに現存する城のうち最も古くまた最も有名な城のひとつ。
＊2　香辛料を効かせた煮込み料理。オフニヴェッツ風グラーシュ。

馬車に乗った領主が、四つの異国の小山と四つの異国の川を越えて、彼の地から引き揚げてしまうと、人々はプロシェクが好き勝手なやりかたで漁をすることを禁じ、釣り竿で魚を釣るそのひとつの方法だけで十分だと言った。

プロシェクは、長い、黄色い竹の釣り竿を持っていた。リールなしの、むちにそっくりなやつだ。魚に勘づかれないように、上流へ向かって歩き、しばしばヒュっと竿をしならせて仕掛けを投げ、ときに竜騎兵のようなひげを震わせ文句を言った。だからその釣り方は〝むち打ち釣り〟と呼ばれた。

ちょうどそのとき、ぼくらはうちの車に乗って現場に到着した。おやじのレオ、おふくろのヘルマ、兄貴のフゴとイルカ、そしてぼく。それがぼくの全家族だ。ぼくらは対岸のハンノキの木立からプロシェクを見つめていた。プロシェクは獲物を狙うカワウソのように、巧みに、つるつるした石の上を渡り歩いた。浮きが狙いすまされて飛んだ。さあ、魚は？　それは、あたかも、ひとりでに水から飛び出してくるかのようだ。赤い尻びれの銀色のウグイに、ひげを生やした優雅なバーベル。よどみからローチの太鼓腹があらわれ、流れからデイスがのぞく。スカリの中に滑り込めば、自由はおしまいだ。彼らのご主人様がやってくる、密漁の王様*が。

＊　チェコでは基本的に河川での魚釣りには免許証と許可証が必要である。

おやじが熱にうかされたように叫んだ。

「ヘルマ*！　コンサートだよ！　まるでクベリークのコンサートのようだ」

すぐにぼくの頭の中には、河岸に沿って座席の列がずらりと並び、そこに、英国製の格子柄のニッカーボッカーズをはいた紳士と桃色のフープスカートを身に付けた淑女とが坐っているさまが思い浮かんだ。彼らは魚が上がるたびにため息をつき、拍手を送った：

紳士、淑女の皆様方、これこそ真の芸術です。

＊ヘルミーナ（女性名）の愛称。

プロシェクはどっさりと詰まったスカリの中に最後の魚を捕らえ入れ、巻きタバコに火をつけると、身をかがめて一礼した。

観客席は消えた。プロシェクは浅瀬を渡って、うちのおやじのほうへとやってきた。二人はすぐに意気投合した。なぜなら、ぼくらのおやじも、きっぷの良い男だったからだ。おやじはプロシェクのように、愚か者どもを叩きのめすことができた。おやじにできなかったことは、プロシェクが伝授した。武骨者のプロシェクおじさんは、うちのおやじに、お高くとまった連中なんてくそみたいなもんだと死ぬまで言い張っていた。だから、うちのおやじとはうまが合ったのだ。おやじはプロシェクと話をつけた。夏の休暇の住まいとして、他のどこでもない、プロシェクの渡し守小屋だけを使わせていただこう、と。

黒いパイク

六つの頃のことだ。兄貴たちは、ぼくをあまり仲間にいれようとはしなかった。彼らにとって、ぼくはただの足手まといだったのだ。ぼくは彼らがはしゃいでいるのを遠くから眺め、たいてい、ベロウンカ川の水辺でただ指をくわえていた。フゴはイルカと連れ立って小島へ行くのが何より好きだった。そこで緑の水草の中をさぐり、魚を素手で捕まえるのだ。フゴは男前でおっとりとした少年だった。イルカは喧嘩っ早いわんぱく小僧で、誰彼かまわず食ってかかっていた。

小島には、うっとりするほど美しい、長い緑色の水草が生えており、それは川に棲む水の妖怪、オスカルの解き放たれた髪の毛のようだった。その髪の毛は水の流れに揺らめき、まるでオスカルが黄色い砂地に埋もれて横たわっているかのように見えた。水草にはときどき花が咲いていたけれど、もうどんな色だったのか覚えていない。もしかすると、花嫁のような、ピンクと白の花だったかもしれない。そこには浅瀬があって、水草の中では、ケンミジンコやミズムシたちが、まるで牧場にいるかのように草を食んでいた。バーベルやそのほかの魚たちが、そこへやってきては小さな水生昆虫を捕らえ、子豚のように舌鼓を打っていた。その当時、兄貴たちは半ズボンだけになって、魚の冷たい体

パイク

をつかむまで水草の中を探りまわしていた。つかまれた魚は硬直したかと思うと、ピチピチと跳ね、兄貴はわれにかえってそれに跳びかかるが、しくじり、水が飛び散り、兄貴は悲鳴を上げる。まるでロデオのようだった。

あるとき、兄貴たちは水草の中に巨大な魚がいるのを見つけた。最初は流木だと思っていた。ところが、それは黒いパイクだった。小魚を追ってここへ乗り込んできて、外へ出られなくなったのだ。そいつが動き始めると、魚雷そっくりだった。水が四方八方へ飛び散った。フゴが叫んだ。

「ぼやぼやするな、こっちへ来て手伝え!」

その瞬間、ぼくは兄貴たちの言うなりになった。でも、そこへ行きたくはない。ゆっくりと水草の間に分け入る。パイクは横切り、ぼくのところまでやってきて、止まった。そいつが息をするようす、冷酷な目でぼくを睨めつけるようす、そして開かれた口の中にびっしりと歯が並んでいるようすを見た。こいつはぼくを食べてしまおうとしている。ぼくは手を伸ばし始めた。魚が動き始める。飛び跳ねる。軽々と浅瀬を乗りこえ、深みへと消えていった。イルカがぼくに言った。

「うすのろめ! もう少しだったのに! 首ねっこを押さえちまえば良かったんだよ!」

実際のところ、ぼくらはみんな、あいつが行ってしまってほっとしていた。兄貴たちにしたって、あいつを捕まえられなかっただろう。その出来事は前もって定められていたかのようであり、あの巨大なパイクは、あたかもぼくらの小さな運命であるかのようだった。ぼくらのなかの誰かが、生きてる間に、大きな魚を手にする日は来るのだろうか? おそらく、その機会は与えられないだろう。なぜなら、ぼくらはあのとき、毅然と立ち向かうことができなかったのだから。

ぼくの初めての魚

プロシェクは居酒屋アナモから上機嫌で戻る道すがら、陽気に軍歌を歌っていた。彼はセルビアで戦ったときの歌をいくつも歌えた。そのわき腹には、砲弾の破片が摘出されぬまま残っていたが、〝強いやつ〟をひっかけると、それが彼を煩わせることはなくなった。舟でぼくらのところまでやってくると、シェパードのホランの鼻づらにキスし、芳しいハリエンジュの木の下に坐った。

ぼくはそのとき渡し場にやってきていた。兄貴たちは、またもやぼくを置き去りにし、むしろベーダ・ペロウトゥカの娘、ダーシャを喜んで連れて行ったのだ。その子はぼくのことなど見向きもしなかった。

おじさんは緑色の目でぼくを見つめた。

「こっちへ来いや、ちびすけ！」

ぼくはのろのろと彼のほうへと近づいた。おじさんはぼくをあまり好きじゃない。彼は、自分と反りが合う、悪たれ小僧のイルカが一番のお気に入りだった。ぼくときたら、末っ子の甘ったれだ。プロシェクはぼくをじろりと見回すと、薄汚れたポケットから酢漬けのキュウリを取り出して言った。

「ほらよ」

ぼくは指を口から出すと、代わりにキュウリを突っこんだ。彼はぼくのようすを見ている。そして、平たい瓶を取り出して、命じた。

「ぐいっといけ」

その中にはもう何も残っていなかった。しかし、ぼくは嬉々として、飲んで酔っぱらったふりをして見せた。ありもしない酒がぼくらを近づけてくれた。彼は立ち上がり、ついて来いと納屋にむかった。そこで長いハシバミの枝を取り出すと、こう話した。

「お前に釣り竿を作ってやろう。わしは、こいつをお前のために、もう長いこと取っておいたんだ」

おじさんはポケットから鋭いナイフを取り出すと、こっちをチョンと切り、あっちをシュッと削った。ぼくは彼のたこのできた手をじっと見つめた。その手には指が一本足りない。カゴ作りに使う小枝を切るときに、自ら切り落としてしまったからだ。おじさんの顔が、苦痛にゆがんだ。また、わき腹の砲弾のかけらが彼を襲ったのだ。しかし、痛みに効く酒はもう尽きていた。おじさんは竿を仕上げた。その当時、これが何より価値ある竿であることをぼくは知らなかったが、今ならわかる。それは、アメリカや日本の工場で作られた、現代の製品だってかないっこない、かけがえのない子供時代の釣り竿になった。彼はそれに釣り糸を結びつけ、ガチョウの羽の浮きと釣り針を取り付けた。できあがると、言った。

「小島の付近にはパーチどもが潜んでいる。そこへ行け、ちびすけ、やつらのたてがみを乱してこい。わしはここでお前を待っているからな」

おじさんは背中を丸めて身を縮こまらせ、その膝にホランが頭を預けた。ぼくは抜け道を通って小島までやってきた。正午前で、太陽がぽかぽかと照っている。ぼくはミミズを付けて釣り竿を振った。何一つかからない。コウホネの上に青みがかったトンボがとまっているだけだ。どこか、ずっと深いところで、食いしん坊のウグイたちがパーティーでも催していたのだろう。白い浮きは、水面をぴくりとも動かず、なぎに浮かぶ白い船のようだった。ぼくは頭の中でそれに帆を立てた。帆走しろ、きれいな色の魚に水面をひかせろ、そう船長に命じた。しかし、浮きは気をつけの姿勢を崩そうとせず、ぼくのまぶたはくっつき始めた。ときどきぼくは片目をしばたたいた。ぼくの白い船は、もうそろそろ、出航しやしないかしら。

突然、浮きが震え、その周りに輪ができた。もう一度、さらにもう一度。あたかも、はるか深淵から送られてくる信号のように。誰かがふざけて、船をもてあそんでいる。まるで、革のベルトでエンジンをスタートさせているかのようだ。ははん、あれは帆船ではなく、白いモーターボートだったんだ。浮きはうずくまったかと思うと、頭を下にして直立し、半身だけ潜ったアヒルのように、足を上に突き出した。ぼくは両手で釣り竿を折れんばかりに握り締めた。間違いない。たてがみのような背びれをいからせた、ここに隠れ棲んでいるパーチだろう。浮きは、その瞬間飛び上がった！　そして消えた。しかし、それが水面下で、コウホネのほうへ向かっていくのが見えた。ぼくは竿をしゃくった。竿は弓なりにたわみ、ぼくは生まれて初めて、至上の喜びともいえる魚の〝引き〟を感じた。魚とぼくの激しい攻防の果てに、怒り狂った口が現れた。パーチだ。赤い格子模様の帽子のように大きく、しかし深い緑色を帯びてもいて、全身に暗い縞が走っている。軍旗のような赤いひれを持ち、背中にこぶがあるせいで、雄牛のように見えた。目は命の宿る金貨で、背中には槍がびっしりと突き出ていた。それは魚ではない。竜だ。かぶとに赤い羽根をつけた装甲の騎士だ。

魚が逃げないように、草の上へと引きずり上げて、横たえた。ぼくら二人は、敵対する若き戦士だった。ぼくは魚を鼻高々と渡し小屋に運んでいった。パーチの槍に刺され、ぼくの指からはちょっぴり血がにじみ出ている。それを見て、今日この日から、プロシェクおじさんは、ぼくをイルカと同じように好いてくれるだろうと思った。プロシェクは椅子に坐って、アルコールを抜くためにヤギのベルモット、つまり乳を飲んでいた。彼はぼくを称えた。

「やったじゃねえか」

おじさんはパーチの皮をはぎ、頭を納屋の扉に打ち付けた。ルフ・ポド・ブラーノヴェムに、また一人、新たな釣り人が誕生したことをみんなに知らせるために。

ぼくは乳搾り用の腰かけを持ってきて、何日間も、日がな一日、獲物の下に坐っていた。誰かが渡し場に来ると、パーチに注意を向けさせようと、咳払いをしたり鼻を鳴らしたりした。おおいに褒め称えられた。あの子、ベーダ・ペロウトゥカの娘のダーシャもやって来た。彼女はぼくの頬にキスをして、こう言った。

「すごいじゃん」

けれども、ある晩、獲物はどこへともなく消えてしまった。もしかすると、猫のアンジェルカが食ってしまったのかもしれない。しかし、むしろ、ぼくの愛するプロシェクおじさんがそれを扉から取り外したというほうが、ありえそうな話だ。お

パーチ

じさんはぼくの鼻持ちならぬ振る舞いに、もううんざりし、ぼくは再び疎まれようとしていた。

パイクで勝負

ようやく、兄貴たちはぼくを仲間に入れてくれた。ぼくらはジーゼクという小魚をわなで捕まえていた。その小魚は、正式には、フロウゼク・ドゥロウホヴォウシー[*1]という。しかし、ぼくらはその小魚を「ジーゼクのフライ」[*2]と言うのと同じように、ジーゼクと呼んでいた。ジーゼクは見栄えのする小魚だ。二本の青みがかったドジョウひげをはやし、まるで大理石のようなまだら模様をしている。神様は、その魚を創造するときに、存分に趣向を凝らしたようだ。けれども、そいつはだまされやすい、まぬけな魚だった。

＊1　カマツカの仲間の淡水魚。〝ドゥロウホヴォウシー〟は〝長いひげ〟の意味。
＊2　肉や魚の切り身を薄く叩きのばしたもの。しばしば衣をつけてフライにする。

ジーゼクを捕まえるときには、川の中で足を使って、砂や泥をぐるぐるとかき回す。その濁りの中でジーゼクたちは餌を探すのだ。小さなミミズのついた釣り針を見つける。とがった口でメンドリのようにつついて、浮きを引っ張り込む。ぼくらが引き上げると、ジーゼクはまばゆい光の中に姿を現す。時には、ぼくらの足元までやってきて、足の指をつついたりした。ツン、ツン、ツン。ぼくらは冷たい水の中で足をばちゃばちゃさせては魚を捕まえた。小魚はブリキの缶にためていき、おやじがプロシェクおじさんと一緒に、そいつでパイクやそのほかの肉食魚を捕まえた。しかしその当時、ジーゼクは川にそれほどたくさんはいなかった。プロシェクおじさんは、最近ではパイクがパーチも食っていることを見つけ出した。あいつらは、とげだらけのパーチがいかにうまい肉をしているかに気づいたのだ。パイクの食事のメニューにはパーチの名が登場していたのだが、そんなことをあずかり知るものは、他に誰もいなかった。

そのころ、ヴィクトリア・ジシコフ[*1]の熱烈なファンである、ジシコフ出身の印刷工、ベーダ・ペロウトゥカが、自前の古ぼけたトラックに奥さんのヴラスタを乗せて、クシヴォクラート地方[*2]へと通ってきていた。彼はうちのおやじとすぐに意気投合した。クリスマスに、彼ら夫婦は、絵付けされたおまる壺にジャガイモサラダを盛って、うちに送ってくれた。二人とも若かった。クシヴォクラートからプラハへ行ったとき、幌を開け放ったトラックの外には、パイクがずらりと吊り下げられ、後部では、くくりつけられた柄つき深鍋とバケツが跳びはねていた。スピードなんぞ、お構いなし。それぞれの車に乗り込んだ二人は、みちみち声を張り上げて、短い言葉を叫びあっていたが、それらはたいてい、けしからぬ言葉だった。同乗の女たちは慣れたもので、もう赤くなりはしなかった。

＊1　プラハ3区のジシコフ地区に本拠地を構えるプラハで最も歴史の古いサッカーチームのひとつ。
＊2　プラハの西方約五〇キロに位置する自然豊かな地域。

クシヴォクラートで、おやじはこう叫ばねばならなかった。

「ここには菓子屋の〝ホルプ〟が住んでいるぞ！」
後続の車から楽しそうなペロウトゥカの声が響く。
「それじゃ、そいつのケツに〝ポルプ〟してやれ！」＊

＊ 〝ポルプ〟とは〝キスしろ〟の意味。

おやじがそう叫ばなければ、ペロウトゥカは、一日と一晩、ご機嫌斜めになった。

ルフにやって来たある日、ベーダは、おやじとプロシェクに川での腕前を披露してやろうと思いつき、何かのスポーツの地方チャンピオンである、フランチシェク・パヴリーチェクをつれて、悪魔岩へと出かけていった。それが悪魔岩と呼ばれていたのには、このような由来がある。かつて、一人の猟師がそこへ行った。彼は〝悪魔〟という名の酒瓶をポケットにしのばせ、岩につまずいてしまう。酒瓶が落ちて酒はこぼれ出し、そのときからそれは本当の〝悪魔岩〟となったという。

それとは別の、筋道だった話として、こんな説もある。
もしも悪魔が一晩のうちにベロウンカ川に橋を渡すことができたなら、彼はリバールナの家から娘を連れて行ってもよいことになっていた。しかし、夜が明け、ニワトリが時を作るまでに間に合わず、悪魔は空手で帰って行った。そののち、あの岩に留まったのだそうな。その岩の下の淵には、ずっと昔からパイクがいた。

おやじはあのごちそう作戦を聞くと、絵に描いたように美しいパーチを準備して、プロシェクと出かけて行った。上流にある島の上まで、流れに逆らって舟を漕ぎ上げ、さらにパイクが溜まっているブルトゥヴァ*のほうに向かって漕ぎやった。二人は大きなパイクを捕らえた。あるパイクなぞは、パーチが棲家に落ちると、すかさず、それをめがけて飛びかかりさえしたそうで、それほどにやつらは貪欲だった。

＊ ルフ・ポド・ブラーノヴェムからベロウンカ川をさかのぼったところにある河岸の草原。

彼らはすぐにベーダのところへ戻った。ベーダは対岸で嬉しげに足を踏ん張り、頭上に2キロのパイクをかかげて叫んだ。

「そらどうだ、こいつは譲らねえぞ！」

「対岸へ来てみろよ、このあほうめ！」おやじは彼に叫んだ。

ベーダが舟を漕いでくるや、おやじは彼の肩を抱き、カゴびくのところへと連れて行った。カゴの中には、三尾の大きなパイクの暗緑色の背中がぼんやりと見えている。ベーダは急いで水をかぶった。気絶して頭から川に落ちこんでしまわぬように。

ただ、息を荒げるばかりだった。

「お前ら、ちくしょうめ。俺たちを何だかうまい具合にはめやがったな」

晩にハリエンジュの木の下で、おやじはパーチを餌に使う奥義をベーダに明かし、朝にパイクを釣るには、どこへ行ったらよいかをおしえてやりもした。なぜなら、そのハリエンジュは不思議な力を備えており、その木の下では誰もが真実を語ったのだ。釣り人たちでさえも。

シーマ岩の下で

こうして時は過ぎた。ぼくは生まれて初めて自分のリールを手にし、もうズボンの中にきちんとシャツの裾を差し込む年頃になった。おやじは、誉れ高い砲兵である男たち、つまり、ロンドンのアーセナルが競技に使っていたのと同じ、イギリス製のボールをぼくらに買ってくれた。小さな空き地で、ぼくらは数知れぬ勝負と試合を行い、とうとうある朝、ぼくは指の関節を外すはめとなった。それはプロシェクおじさんがひと引きで元に戻してくれた。

川はいつだって魚でいっぱいだった。

おふくろは、魚をパン粉でくるんでフライにし、酢に浸けこんで、玉ねぎのスライスを間に挟んだ。それは石の大桶に並べられ、階段の下のひんやりした貯蔵室に置かれていた。絶品だ。村の人たちは誰かが病気になると、貯蔵されている魚をもらいに、ぼくの家へとやってきた。健康な人もまたやってきた。魚のたくわえをお目当てに、最も足繁く通って来ていたのは、酔っ払い連中だった。魚は春から秋まであって、大桶の中で熟成し、骨はほろほろと砕けた。熱気の中でそれは冷たく、寒気にあってはほのかに温もりを帯びていた。

賑わいは尽きることを知らず、人生はまるで、永遠に続くカーニバルであるかのようだった。堰の上流には粘土質の赤みがかった岩が川からそびえたっており、それはシーマ岩と呼ばれていた。おそらく、村にシーマ姓の人がたくさん住んでいたためだろう。ぼくらはその岩の周りに行き、こんなふうに歌を歌った：

シーマの岩の岩の根に、
佇むさすらい人、ふたり。
心もとなく手すさびに、
ギターをかき鳴らす。

ジャンジャカジャンジャンジャラン、
ジャンジャカジャンジャンジャラン、
ジャンジャカジャンジャンジャラン、
ボロン、ボロン、ボン。

晩になると、ぼくらはシーマ岩のそばにある堰の下に、バーベルを釣りに通った。
先頭には麦藁帽子をかぶったプロシェクおじさん、その後にたてがみのような髪をしたおやじ、それからフゴ、イルカ、そしてぼく。ぼくらは、天に現れ始めた星に届きそうなくらい、長い釣り竿を持っていった。こんな長竿をつかえば、プラハの旧市街でガス灯に火を灯すのと同じように、星々に明かりを灯せるのかも知れない。空は青く、ぼくらの前では堰から水が流れ落ちていた。堰は泡立ち、その下にはいくつかの渦が巻いている。向かいではネザブヂツェ村*の水車が自分の日課を終わらせるべく、ごとんごとんと音をたてていた。その真ん中には大きな白い星、チェフの粉屋の窓が輝いていた。それら全ての上に、空と広大な宇宙とが弧を描いていた。

＊　中央ボヘミア州ラコヴニーク郡にある村。

プロシェクは振り返った。

「ここで良かろう」

ぼくらは流れる水の中に入った。そこには瀬があり、バーベルが潜んでいる。バーベルは常に流れに抗い、その流れの中で鍛錬に明け暮れ、だから忍耐強くたくましい。鼻面で石をひっくり返しては、その下に、小ザリガニや小さな食べ物を見つけだそうとする。力強いひれに円筒形の体をしていて、まるで超音速ジェット機のようだ。

荷解きした。長い釣り竿には、糸の代わりに、長くて柔らかな真鍮の針金を取り付けた。それはまるでカミソリのように、猛った水を切った。釣り針に太いミミズを付けた。

ぼくらはビロードのように柔らかな草の上に坐り、竿を握った。おじさんが最初にバーベルを釣り上げた。それは草の上に投げ出されると、四本のひげを打ちつけ、まるで嘆くかのように、かすかに金切り声を上げていた。おそらく怒ってもいたのだろう。

そのあと、ぼくにバーベルがかかった。最初はこつんと当たり、再び水の中から、あ

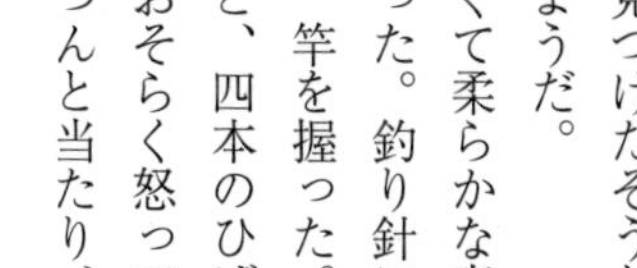

バーベル

たかも無限の深みから呼ばれるかのように、当たりが来た。それから引きを感じた。まるで竿に何か、例えば流れていく水草が引っかかったかのようだ。ぼくはしゃくった。釣り針の先にバーベルがいた。月が高みから全てを照らし出した、まさにそのとき、バーベルはその体を川面に浮かび上がらせた。それは鋳溶かされた銀か、もしくは、王室御用達の醸造所製のワインを注ぐときに使う、錫のピッチャーのようだった。堂々たる魚だ。命をかけて飽くことなく戦い、絶えず流れの内へと向かうことを望んだ。荒れくれ野郎どもの中に、常に海へ出ようとするものがいるように、バーベルは猛った水の中へと向かおうとする。針金はまるで鋼製のようにぴんと張っている。ぼくとそいつは、1センチをかけて互いに引きあった。ついに相手が屈した。なぜなら、それは体力に差のある戦いだったから。

ぼくは露の降りた草の上に魚を引き上げ、まるで犬か猫にするかのように愛撫した。だが、その体はよそよそしい、冷たい魚の体だった。そして、小刀でその頭を突き刺した。勇者は過ちを死でもって償わねばならないのだから。ぼくは魚を殺した。そうするのをプロシェクおじさんやおやじのもとで見ており、彼らもまたそれを自分の先達のもとで見てきたのだ。力のみなぎっていたひれは垂れ落ち、長距離用の美しい銀色の飛行機にも似たその体は、生を終えた。

おやじとウナギをもてなしたお話

うちの只者ならざるおやじは、あるときぼくに、釣りの置きバリを仕掛けに行かせたことがある。おやじは、ウナギを確実に捕らえるために、抜群の、また何といっても突拍子もない計画を立てたのだ。ウナギの通り道になっている、パロウク下流のちょっとした深みに、仕掛けの細引きを設置する。つまり、ウナギが群れになって遡上してくるところに、おとりの餌を置き、おやじに言わせると、〝あいつらがとびかからずにはおれないくらい〟ご馳走を並べてみせるのだ。ウナギは肉屋で燻製にしてもらうほどたっぷり取れるだろう。おやじはぼくに言った。

「燻製ウナギは最高にいいぞ。それをおまえ、年がら年中食えるんだぜ」

おやじはこうも言った。俺たちはチャンスを待たねばならん。月が消え、天が掻き曇り、星が眠ってしまうまで。さらに、少しばかり水が増し、やがて川が濁り、ちょっとした濁流になってしまうまで。

そのあいだ、ぼくらは準備に奮闘した。まっさらな洗濯ひも二本をちょん切り、釣り針の先をやすりで尖らせて、ウナギのおちょぼ口を間違いなく突き刺すようにした。おとりを手に入れようと躍起になった。小川に出かけ、とても美しい小魚、ヒメハヤをたくさん捕まえた。この魚のオスは血のように真っ赤な唇をしており、その体には、エメラルドグリーンとビロードのような黒が踊っている。まるで水族館の魚のようだ。ぼくらはウナギに、彼らのいる川ではお目にかかれない、特別に珍しい何かをごちそうしてやろうとしたのだ。おやじは、ウナギのやつら、おったまげて糞をちびるぜ、と言いさえした。

太いミミズを見つけるために、ルフのプロシェクおじさんのところで、鍬を使って、ほとんど庭中を掘り返した。さあ、こうして完璧に準備を整え、仕掛けをそろえた。

ざあざあと雨が降り始め、おやじは満足げに両手をもみ合わせていた。雨水は畑や野原の上で泥水になり、沈んだミミズやうろたえたバッタ、膨れたアリマキを飲み込んで川へと運んでいった。水中ではもう魚たちが待ち構えており、腹いっぱいに食べ物を詰め込もうとしていた。霧が晴れ、河岸には濁り水の第一陣が流れようとしていた。渡し小屋には、そのとき、誰だか訪問客が来ていて、ずぶぬれの体をストーブで温めていたが、おやじは彼らの前では話をしたがらず、ぼくにときおり目配せをするだけだった。チャンスが近づいているぞ。

薄闇の中を出発した。足に長靴をはき、身にゴムガッパをまとい、そして胸を期待で膨らませていた。ぼくらは、川面から十メートルの高さにある、人間用というよりは、むしろ、カモシカ向きの小道に沿って、川岸を上流へとさかのぼっていった。どのくらい長く歩いたのかわからないが、惨憺たるものだった。つるつると滑る石に、深い断崖、顔を打つ小枝に、降りしきる雨。ときどき後ろを振り返っては、このようなことをささやくおやじ。

「まさにチャンス到来だな」

ぼくはしだいに怒りがこみ上げてくるのを感じた。

昼日中であっても、パロウクまでは遠い。ヴルク家の人だってパヴリーチェク家の人だって、ルフ出身の誰もが、あなたにそう請合ったことだろう。なぜ渡し小屋付近でわなを仕掛けなかったのか、ぼくには理解できなかった。どうせ、この荒天のなか、ひょっこり川へとやって来る者など、誰一人いないだろうに。おやじときたら、あの深さを増した、ウナギの群れが上って来る流れを望んでいたのだ。

長い時間のあと、ぼくらはパロウクで足を止めた。おやじはヒメハヤの入った容器を置き、ナップサックから縄を取り出した。ぼくのほうに向きなおると、またこう言った。

「いい晩だ。あいつらをこれでもてなしてやろうぜ、ちびってしまうほどにな」

まさにあの、ぞくぞくするような情熱と衝動とが、おやじを捕らえていた。餌を交互に突き刺す。ミミズをひとつ、小魚をひとつ、ミミズをひとつ。おやじはぼくが何をしているかなんて、見てはいなかった。ぼくなど眼中になかったのだ。ぼくは寒さに震えながら突っ立っていた。ウナギなんぞ、みんなくそくらえだった。あの燻製ウナギでさえも。一連の作業を終えると、おやじはぼくに言った。

「脱げ!」

ぼくは服を脱ぎ、川のほうを見た。月光の照り返しで、川べりが増水しているようすがうかがえた。草の茎は水に洗われ水中に沈み、アシは曲がって震え、下流に向かってたなびいている。

ぼくはズボンを脱ぎながら、小さな声で言った。

「父ちゃん、川は水が増してるよ」

ぼくの声が聞こえたのかどうだかわからない。しかし、おやじはぼくの言葉に全く反応しなかった。ぼくは、おふくろがぼくをこの世に送り出したそのままの姿で岸辺に立ち、なぜだかわからないまま、前を隠した。おやじは言った。

「その縄を持って川に入れ。縄がぴんと張ったら、石を放るんだ」

ぼくは立ちすくんでいた。川の真ん中が、どれほどごうごうと流れているかを耳にした。恐ろしくなった。ぼくは、ちっとも望んでなどいないところへ行くように仕向けられた、まぬけなラバのように、体をこわばらせていた。しかし、行かないと言うだけの力は、ぼくにはなかった。おやじは言った。

「行け、びくびくするな。お前は俺の息子だろう。だったら同じ血が流れているはずだ」

ぼくは石を手に取り、おやじのほうを見た。どうやら、おやじだって怖気づいているようだ。しかし、おやじはあの投資を無駄にしてしまうことが惜しかったのだ。だって、ぼくらは苦労してヒメハヤを捕まえ、庭をほぼ全て荒らしてまわり、二本の洗濯ひもをばらばらにちょん切っていた。おやじはずっとウナギについて語り続け、あきらめるのを嫌がった。何より、川の水かさがすでに増してしまっており、ぼくらがやってくるのは遅すぎたと認めるのが、おやじは嫌だったのだ。

ぼくは川に入った。初めは嫌な感じはしなかった。水はぼくのすねを、それからひざをくすぐった。水は岸辺に沿って柔らかに流れ、より大きな流れへと急いでいた。水が腰まで上がって来ると、流れがいかに力強いかを実感させられた。絶えず足を石の間に深くさしこんだり、流れの上流に向かって体を傾けたりしなければならなかった。そうしながら、だらりと弛んだ縄が縛り付けられている、大きな石を抱きしめていた。岸辺には、まだおやじの影が見え、ぼくがサッカーを、そのあとアイスホッケーをやるようになったときと同じように、叫んで励ましているのが聞こえた。しかし、そんなことは全く無意味だった。ぼくは一人ぼっちで心細かった。水はへそに達し、それから胸まで上がってきて、ぼくを川底から引き剥がそうとしていた。おやじが叫ぶ。

「さあ行け！　もう少しだ！」

ぼくは振り返ったが、もうおやじは見えなかった。木々と川べりとに溶け込んでしまっていた。どんな権利があって、おやじはぼくにこんなことを強いるのだ？　自分自身は泳げないというのに。おふくろがそう言っていた。どうして父ちゃんはぼくらと一緒に水浴びをしないの、と聞いたときに。あのウナギどもが、ぼくをもっと行かせるように、おやじの目をくらませているのだ。

川はぼくの肩まで達していた。そして喉元にまで来た。ぼくはその力を感じた。それはもはや、昨日までのあの川ではなかった。別の川だ。凶悪な。ぼくをその流れに絡め取り、その渦に引きずり込んでしまおうと、雄たけびを上げている。なぜここへやって来たのか、あつかましいやつめ。ぼくは無我夢中で叫んだ。

「父ちゃん！」

水が口に流れ込み、足元から川底が消えた。縄を手離すな。川にひとのみにされ、下流で石に激突し、流れに巻き込まれたりしてばらばらになってしまうかもしれない。ぼくは縄から石をはずし、川底に放った。死に物狂いで縄にすがり、ゆっくりゆっくりと岸に引かれていくのを感じた。おやじはぼくを浅瀬までたぐり寄せた。おやじが生涯に縄や釣り針にかけたものの中で、このぼくが一番の大物であった。

恐怖と水の冷たさとでこわばった体をほぐそうと、ぼくは藪の下をふらふらと歩いた。おやじが縄を巻き、小魚を取り外し、あきらめてぶつぶつとつぶやくのが聞こえた。

「わしの可愛いお魚ちゃんや。今日はさほどおあつらえ向きの夜ではなかったようだな。だが次は、糞をちびるほどにご馳走してやるからな」

ぼくは月桂樹のもとにしゃがみ込み、今日のところは、さしずめ、ぼくらのほうがちびったというところだな、と考えていた。

おそらくあれは、ウナギたちに彼らの母が手をかしたのだろう——母なる川が。

白いヤマドリタケ

ぼくらは粗朶を集めに行った。クシヴォクラートの森は鬱蒼と生い茂り、恐れている人たちもいる。知らぬ間に、弓をたずさえて馬に乗った盗賊たちが、ティージョフの廃城*から現れたっておかしくない。何といっても、ここでは、お付きの者を連れた勇敢なるボヘミア王のご尊顔を拝めるかもしれない。恐れ多くも、陛下、わたくしはルフ・ポド・ブラーノヴェムの民でございます。〝ちびすけ〟と呼ばれております。

＊ ラコヴニーク郡のカルロヴァ・ヴェスに残る城址。

いつなんどきにも、誰かの泣き声や、手負いの獣のうめき声が聞こえてくるかもしれない。イノシシの群れや、二つの枝角の間に十字を持つ、名高いアカシカが現れるかもしれない。すべてをこの目に焼き付けるために、そして人生で出会うすべてのことを見逃さないように、ぼくは一族の行列のしんがりを静かに歩く。ぼくの手を握っているのは、とびっきり素晴らしい空想の町からやってきた、名付け親のおばさんだ。木の葉はもう黄色く色づき、秋は近い。木々はがっしりとそびえ、その上には、機動隊所属の鳥たちの巣がある。あのどこかに、怪鳥ノフが棲んでいるのだ。もしもぼくが遅れ

たなら、舞い降りてきて、ぼくを連れ去ってしまうのだろう。ぼくらは谷間へと下って行く。イルカはよく通る声で歌い始めた‥

おいらは猟師に出くわした、
やつらが連れてる犬、犬、犬、
一匹が吠える、ワン、ワン、ワン！
お次が吠える、キャン、キャン、キャン。

ワン、ワン、ワンと、特にキャン、キャン、キャンのところで、いろんな風に身をくねらせ、顔をしかめて見せた。ぼくらも加わった。もう森のはずれまで来ていた‥

さあ旅立とう、
荷を包んで。
わが乙女よ、ぼくは君を、
忽ちのうちに倦ませてしまった。

そのとき、フゴが声を上げた。
「止まって！」

「何よ？」

先頭のおふくろが尋ねた。

「あの白っぽい坂を見なよ！」

「あれって、だって、石でしょう」

おふくろは言った。

「白い石でいっぱいの坂でしょう」

「あれは石だけじゃないよ」

フゴはそう言い残し、その坂へと走って行った。叫び声が上がった。

「ヤマドリタケだよ！」

ぼくらは急いで樫の木立のほうへと這い寄った。実際に、その坂には石がごろごろしていたのだが、その隙間に、数百もの白いヤマドリタケが生えていたのだ。ぼくらは次々とそれらをなでた。中には、よく育って茶色がかり、ひびの入ったカサをつけたものもあった。ヤマドリタケは、そこで、まるで百年か、もしかするとそれ以上のあいだ、育ち続けていたかのようだった。どれひとつとして同じものはなく、絵描きの手で生み出されたかのようだった。華奢なものに、ずんぐりしたもの。気品の漂うもの。お母さんの秘蔵っ子に、美しく年を経たもの。ぼくらはてんでにちっちゃな帽子にくちづけした。カゴから粗朶をみんな捨て、すべてのカゴがキノコでいっぱいになったが、ヤマドリタケは、あいかわらず、たくさん残ったままだった。兄貴たちは、カロリーナおばさんの小さな畑に、大カゴを二つ借りに行ったが、それもいっぱいになった。

ルフで納屋の中に大布を広げ、その上にヤマドリタケを打ち明けた。みんなが出て行ったあとも、おふくろだけはヤマドリタケのそばに残った。彼女は、おそらく、それを眺めてうっとりしていたかったのだろう。皇帝ネロはあらゆるヤマドリタケ料理をことのほかお気に召していたそうだが、おふくろは、彼のキノコ狩りの宴の準備でもするつもりかもしれない。

戻ってきたぼくらは、おふくろがまだそのヤマドリタケのそばにいるのに気付いた。ヤマドリタケの山に手を埋め、顔中が涙で濡れている。

「何で泣いているのさ、母ちゃん?」

「キノコが沢山生えると、戦争が起こるの!」

「そんなの迷信だよ、母ちゃん」

「カロリーナおばさんがそう言ったんだから。あの大戦の前にも、こんなふうに生えたんだって。白いヤマドリタケが幾千も。そして、すぐに貧しくて辛い生活が始まったのよ」

翌年、ぼくらはドイツに占領された。

そのあとすぐに、ぼくらはルフでベンチに坐って、ワルシャワが爆撃されているようすをラジオで聞いた。ドイツの重々しい飛行機、ユンカースとハインケルが町の上で轟音を轟かせているようすをぼくらは聞いた。最初の爆発が響き渡った。

ぼくは耳を塞ぎ、ルフを走って下っていった。ここでさえ、爆発音が聞こえるような気がした。ぼくはもうそれらが投下されるのを見た。

最初の爆撃は、魚を並べた桶を置いていた地下貯蔵庫に命中した。桶は割れ、魚は散らばって泥にまみれた。

ザバーン！　二回目は、渡し小屋の小舟に当たり、板切れが木っ端のように空中を舞った。

バリバリバリ！　川のほとりの家は崩れ落ち、燃え上がった。

川の上には大きな灰色のハインケルが飛び、それには、歯をむき出しにした白い頭骸骨のパイロットが、笑いながら坐っていた。飛行機の翼には黒い十字がついていた。ぼくの魚めがけて、川へ爆弾の投下が始められた。魚たちの死んだ体が水面へと浮き上がった。それはショウウィンドウに貼られた死亡通知のように、なんと真っ白だったことか。それは、ひび割れた頭をした、大きな白いヤマドリタケにも似ていた。

そこにはこう書かれていた：

もう二度とここには来ない。

子供のお祭りは幕を閉じた。

お前を殺すかもしれないぞ

ブシュチェフラット*の町には池が二つあった。両方の池はポプラのはえた土手と道路で分けられていた。ぼくは新しい池にはまったく惹きつけられはしなかった。その水辺は大半が石と煉瓦に覆われ、とても味気ないものだった。

＊ 中央ボヘミア州クラドノ郡にある町。ユダヤ人の父と二人の兄たちが強制収容所に送られたあと、オタは非ユダヤ系の母と二人でブシュチェフラットでしばらく生活した。

古い池は違っていた。水際の一部が、緑茂る小さな草地になっていた。その池は、オプルトの居酒屋付近で注ぎこむ小川のせいで異臭を漂わせ、農場の建物から流れ出る、し尿混じりの汚水のせいで、ぷんと臭っていた。柳の古木と泥のにおいが立ち上り、泥の中では鯉たちが太鼓腹をくねらせ、近所のビール醸造所ではシュワシュワと音を立てるビールの香りが立ちこめていた。

ぼくの興味のど真ん中をここに新たに放たれた鯉たちが泳いでいた。ぼくはクシヴォクラートのパーチや、かつて戦ったことのある、勇ましいバーベルのことを忘れることができなかった。魚はぼくの血の中を泳ぎ、ぼくはもう一度魚釣りがしたくなった。ブシュチェフラットにはその場所がない。

うってつけの小川も川も、どこにも流れていない。そこにあったのは、魚釣りを禁じるという警告付きの池だけだった。

ぼくは、鯉がのんびりと水中をうろつきまわっているようすを、それにおそらく、腹にいちもつ持っているであろうようすを眺めた。池の中をあちらこちらに移動してまわり、まるで軍隊のように隊列を組んで泳いでいる。輪を描いて動き、餌をあさっている。ポプラの木の陰がぼくの池へと落ちると、ぼくは柳の木に登り、静かに鯉たちに語りかけた。ぼくには、鯉たちが耳をそばだて、注意深く聞いているように思えた。鯉は美しく、真鍮のような金色をしていた。逆立ちしたり宙返りをすると、その黄色い、膨れた腹が見えた。ビール醸造所の従業員たちが、麦芽かすをやっていたのだ。

そのころ、ぼくらは、おいしくて脂ののった鯉の肉を、自分たちのために、そして物々交換のために必要としていた。小麦、パン、それにおふくろの煙草のために。すでに、ぼくはおふくろと二人っきりで暮らしており、それ以外の家族は強制収容所にいた。そのときまで、ぼくは鯉について多くを知らなかった。ぼくは知らねばならない。鯉がいつご機嫌で、いつ不機嫌になるのか、いつ腹をすかせて、いつ腹をぱんぱんに膨らませているのか、そしていつ遊びたがるのかを。どこで泳ごうとするのか、どこで待つと無駄足を踏むことになるのか、それをぼくは知らねばならない。

さっそくぼくは頑丈な短い釣り竿と糸と浮き、そして針を準備した。だが、自分の敵を知るまでは、始めることはできない。敵というのは鯉たちではなく、何よりもまず人々だ。屋敷の窓からはドイツのレコード、リリー・マルレーン*の甘い歌が響き渡り、パーティーには、まさにその鯉が供されていた。町には幾人かの密告者が生活していて、何も聞き漏らさぬよう、何も逃さぬよう、窓を開け放っていた。ブシュチェフラットの町には、鯉を見張っているフランチシェク・ザールバ氏も住んでいた。ぼくが人生で出会った、最初の池の番人だ。鯉と同様に、彼のことも知らねばならない。いつ上機嫌になるのか、いつ不機嫌になるのか、いつ食事に行き、いつ池にやって来るのか、そしていつそこへは足を踏み入れさえしないのかということを。彼の習性をよく知る必要がある。

＊ 第二次世界大戦中にドイツで流行した歌謡曲。

そこで、ぼくはじいちゃんの古い鳥打帽に頭を無理やり押し込み、じいちゃんの着古した衣服を着込み、足を引きずって歩こうとした。ぼくの印象を彼の記憶に植え付けてはならない。ザールバを初めて目にすると、ぼくの体はこわばった。腰が曲がっている。おそらく、パリのノートルダム寺院の鐘つき男、あの哀れなカジモドのように、こぶがあるのだろう。そして小さかった。ザールバは大また歩きも跳びはねることもできず、すばやく走ることもできなかった。決してぼくに追いつけはしないだろう。でも、ぼくはおふくろから、そういう人たちのなかには、悪意のある人もいるのだと聞いていた。神が彼らに烙印を押したことを、人々に対して復讐しようとするのだ、と。非常事態に逃げおおせるために駆け足を鍛えておこうと、ぼくはドジーニュ方面を抜けて林に通った。

そうして、暮れ方、鯉があの習性を変化させていないかどうかを見に行った。ある決まった時間帯になると、柳の下に、暗い影が次から次へと現れた。

翌日、ぼくはさっそく短い竿を上着の下に隠し持ってでかけた。

土手には居酒屋のあるじのヨゼフ・オプルトが立っており、片目でぼくを見た。もう片方の目は、命のないガラスの目玉だ。ぼくは礼儀正しく彼に挨拶をし、心の中では怯えながらこう祈った。

「天の神様、ぼくを裏切らないで。オプルトさん、あなたも裏切らないでちょうだいね。だって、うちのフェルディナントじいちゃんは、マリアーシュ*をしにあなたのところに通っては、あなたにたっぷりと残していったんでしょう。少なくとも、マルヴィーナばあちゃんはそう言っていました。アーメン」

＊　チェコで人気のあるカードゲームの一種。

ぼくは柳に登り、釣り竿を取り出した。

練り餌を針につけ、魚がそそられそうな玉をこしらえた。池の周りは静かで、こちら側をはっきりと見通すことはできない。ビール醸造所からは蒸気が上がり、ビールが大釜で煮られている。小川は臭い、柳はさざめく。もう寒くなっていたから、ドイツ人たちは屋敷の窓を閉ざしている。密告者たちは家の中に引っ込んでいる。フランチシェク・ザールバは夕食を食べている。そのとき、ぼくは一尾目の鯉を捕まえた。浮きは、まず踊り子のように震え、次にポチャンと水面下に沈み、ほどなくして柳の下へと行った。ぼくはしゃくり、力強い引きを感じた。それは勇ましい鯉だった。ぼくの短い竿を揺さぶっていたが、とうとう口をパクパクさせて降参した。見事なやつだ。鈍い金色で、麦芽かすが詰まった、黄色いビール腹をしている。ぼくはさらにもう一尾を引き上げると、魚をくわえた猫のように逃げた。池の近くには、できる限り短時間しか留まっていられない。刻一刻と危険が増していく。煙草をふかして黙っているオプルト氏の傍らをぼくは通り過ぎた。

家に帰ると、その鯉を見たおふくろは、ぼくにキスをした。戦争も四年目で、食べ物はわずかしかなかったからだ。哀れなおふくろは、このあととんでもないことになるとは、全く気づいていなかった。

すぐにぼくのことは知れ渡った。誰かが言ったのだ。あの密告者の窓から、誰かがぼくをザールバに通告したのだ。ぼくは自分の周りで包囲網が狭められつつあるのを感じ、ぼくの古い池の上に黒雲を見た。池は最近では不穏な感じを漂わせている。風が池を揺さぶり、ザバンザバンと恐ろしげな音を立てて、波が草地の水際に打ち寄せた。ビール醸造所もぼくに敵意を持っているように思われ、ビールは遠くで悪臭を放った。

ぼくはさらに数尾の鯉を捕まえ、恐怖を味わわされた。うちの家族はみんなもう強制収容所にいるか、もしくはすでにあの世にいる。フェルディナントじいちゃんがマリアーシュに通うのをとがめていたマルヴィーナばあちゃんは、アウシュヴィッツのガスで殺されて、煙になったということだ。ぼくは冷たいベッドに横たわると、目をつぶり、翼に黒い十字をつけた灰色のハインケルが、爆弾を投下しているのを見た。

そのあと、スリッパを履いて、このがらんとした、忌まわしい死の家を静かに歩きまわった。眠っている小柄なおふくろの周りを歩く。おふくろは、はかり知れないほど苦しんでいた。というのも、彼女はかつて神の御前でユダヤ人と夫婦の契りを交わしており、人々の前でおやじに別れを告げることを肯んじなかったからだ。ぼくは、おふくろの額に、しわが幾本もあるのに気づいた。畑で、最も辛いあの仕事をしてきたのだ。おそらく今日は夕食を一口も食べていないのだろう。おふくろは小さな子供のように見え、ぼくは自分が大人になったかのように思われた。この家にいる唯一の、そして最後の男。石の階段を下りて一階へ行き、足音をひそめて扉の周りを歩いた。その奥に住まうものは誰もいない。ただ亡き人の魂が残るだけだ。かつてここには、郵便局勤めのハソルドヴァーさんが住んでいたが、今ではブシュチェフラットの墓地で眠っているのだから。いたるところ、背中に十字を背負ったクモとクモの巣だらけだった。ぼくは物置に入った。石の桶の中で、ぼくが捕まえた最新の鯉が泳いでいた。狭い桶の中を泳いで行ったり来たりし、石の壁に無感動な口づけをしては、後戻りする。鯉はぼくをまるっきり無視していた。ぼくが、この世の楽園の物語を語り、そのあと、天国を約束する他の人々のように裏切ったことを、あたかも理解しているかのように。

明日、ぼくはもう一度池に行き、鯉の兄弟や姉妹をここに連れてくる。皆がきらきら光る、まるで金のランプのように輝く目をしていることだろう。

次の日の晩、屋敷の窓が閉まり、ザールバが夕食の席についたころ、ぼくは再び自分の短い釣り竿を持って土手に出かけた。ポプラの木の周りには、薄いカサカサした葉が舞い落ち、土手に立って煙をもくもくと吐いているオプルト氏の周りにも、降りかかっていた。柳の木から、ぼくは最初の鯉を釣った。姿を現すと、練り餌を吸い込み、潜水艦のように沈もうとした。ぼくはそれを袋の中にいれ、ばたばたと暴れないようにぼろ布で覆った。ぼくが次の鯉に挑もうとしていたとき、現れたのはザールバだった。ということは、夕食を食べてはいなかったのか。あいつは池にいて、ぼくを見張っていたのだ。ザールバは井戸の後ろから駆け出し、叫んだ。

「止まれ、止まれ、このごろつきが!」

彼はぎこちなく、よたよたと走ってきた。ぼくは竿を手に取り、競走馬のようににやにわに飛び出した。オプルトが木の下に立っているところまで駆けてきた。オプルトは黙ったまま、自分の裏庭に続く、開け放たれた小さな門をぼくに示した。

「納屋に隠れろ！」

そのすぐあとで、ザールバがぜいぜいとあえぎ、オプルトと何か言い争っているのが聞こえた。また、鯉の兄弟が袋の中で息を吐いているのも聞こえたが、ぼくはというと、ほとんど息が止まりそうだった。とんでもない恐怖を味わっていた。ザールバのようなやつらは恐ろしいぞ。お前を殺すことだってありうるぞ。

ほぼ一時間後にオプルト氏が戸を開けてくれ、ぼくはこっそりと家に帰ることができた。

翌日、ぼくは再び出て行った。ぼくがそのように大胆だとは、誰も思いもよらないだろう。オプルトはもうそこに立っていなかった。おそらく、この件には金輪際関わりたくないのだろう。

ぼくが柳に腰を下ろすや、ザールバが現れた。手にしている短い杖は警棒に似ており、それならぼくのような子供の脳天を叩き割ることだってできる。即座にぼくは、ザールバがカジモドのように利口で抜け目がないことを悟った。あいつは屋敷のドイツ人や窓の中の密告者などよりも危険な敵だ。ぼくの性癖などお見通しで、ぼくの血管の中に密猟者の血が流れていることを理解している。決してあいつからは逃げおおせられない。最後には、やつは短い頑丈な杖を持ってぼくに追いつき、ぼくは口もきけなくなるまで叩きのめされるか、あるいは殺されるのだろう。

ぼくはザールバがさらに少し近づくのに任せた。彼は叫んだ。

「動くな、この野郎！　動くな、たちの悪いユダヤ人め！」

侮辱されても、ぼくの心はもう痛みはしなかった。戦争中に慣れてしまっていた。柳の木から飛び降りると、走って堤をやすやすと通りこし、ポプラの間を駆け抜けた。自分をまるで羽のように身軽に感じ、あいつにはぼくを捕まえることなどできっこないとわかっていた。ぼくは自分の家族の中でただ一人、足に足かせを、首に鎖をつけていなかった。だから、まるで自由な鳥のように野原へと走り、小道を通って緑の森まで逃げてきた。トウヒの下で眠り、夜にはフクロウの声を聞いた。家には朝になってから帰った。おふくろは、昨晩、拳銃と着剣した銃を差した警官たちがぼくを探しにやってきたのだと言った。そしてわっと泣きだすと、ぼくの前にひざまずき、もう二度と池には行かないでと請うた。

警官はもうやってこなかった。ぼくらの知り合いであるクネスル巡査部長は、ザールバが警察署に来て、そこでこう宣言したと言う。

「わしは、あの下劣なやつと、とことん戦うぞ。これは、わしがかたをつけるべきことだ。ここの池番は、この、わしなのだからな」

ぼくは池を遠巻きに歩いた。あそこにはワニや鮫が泳いでいる、そう自分に言い聞かせた。そこにはタコもいて、そいつはぼくを深みに引きずり込み、バロック印のインクを吐くのだ。おふくろがぼくを探し出せないようにするために、そしてブシュチェフラット墓地のハソルドヴァーさんの近くの静かな墓に、ぼくを埋葬できないようにするために。ぼくにとって、池は存在しないものとなった。ぼくは池のことを忘れた。サッカーと森遊びとに専念した。ぼくは働きもせねばならない。穀物の落ち穂や刈り残しを求めて歩き回り、それから穀物の粒を脱穀したり、もしくは、ぼた山から石炭を拾い集め、冬にそれで暖を取れるようにしなければならなかった。

　ところが、何がどうなったものやらはっきりしないのだが、ぼくは物置に行き、再び手に握っていたのは釣り竿だった。頭がくらくらとした。間抜けなやつめ、古い池には鮫もタコも決していやしない。古い池にいるのは、金色の目をした数百もの鯉の兄弟たちだ。

　ぼくには耐えられなかった。

　夕闇の中、ぼくは出て行った。ポプラも土手も通り過ぎたが、そこには誰も立っていない。早すぎたのだろう、まだ人影は見当たらなかった。でも、ぼくはもうやってきており、出直すのは嫌だった。ぼくは柳の木の付近で足を止めず、池の岸にある井戸のところまで行った。もしもあいつが来たら、遠くから見つけられるように。ぼくのほうへと三本の道が通じていた。一つめは池の周りを巡る道、二つめはやはり池の周りだが反対方向の道。そして三つめは学校へと上っていく狭い小道。あいつはその三つの道のどれかひとつを通ってやって来るだろうから、ぼくは残りの二つの方角に逃げることができる。

　竿を荷ほどきし、放った。浮きが水面で軽くゆれると、言葉にできないほどの喜びを感じた。水は森の草のように緑で、お魚ちゃんのにおいが漂っていた。浅瀬ではカエルがゲコゲコと鳴き、ビール醸造所から規則的な機械の音が響いていた。浮きが震え始めた。水面に気を取られていたそのとき、何か変だと気づいた。

　ぼくは顔を上げ、愕然とした。池の一方の岸に沿って、ぼくの知らない男が静かにこちらへと進んできている。池のもう一方の端からも別の男が近づいてきている。ぼくは水の中に竿を投げ捨てた。

足はまるで萎えてしまったかのようだった。池のほとりはしんと静まり、大混乱に陥ったぼくには、自分の心臓がばくばくと音を立てているのが聞こえた。ぼくは飛び出した。井戸の縁を飛び越え、小道を通って学校へ上る道に突進する。それはぼくの三番目の、そして、ただひとつ残された可能性だった。しゃにむに逃げながら、改めて町が静まり返っているのに気づいた。おそらく、町中がぼくのレースを追い、ほとんど町中がぼくを応援している。屋敷の窓は開かれ、その中からドイツ人が目に双眼鏡をあてて眺めていた。密告者の窓も広く押し開かれ、その中から、やせこけた男たちが奥方とともに身を乗り出していた。

大股に道を駆けた。

最後のカーブを曲がる。ぼくの前に、ただ一人、ザールバが現れた。道の真ん中に仁王立ちに立つ姿は、うちに何度も視察に来ていた、黒いゲシュタポのようだった。手には警棒にも似たあの短い杖を持っている。道の両側から壁が押し迫っており、ここは他のどこからも、のぞかれることはない。ひざから崩れ落ちた。やつはぼくの手をつかみ、ぼくは杖の一撃を予期してうずくまった。しかし、何も起こらない。ぼくは彼をちらりと見た。彼は有無を言わさぬ調子で、ぼくに命じた。

「叫べ！」

はじめは理解できなかった。

「おい、とっとと叫ぶんだ！」

ぼくにはわかった。屋敷の窓の中にいるドイツ人と密告者のために、ぼくは叫ばねばならない。叫んだ。かつてフェルディナントじいちゃんのところで、豚をブローニング式拳銃で屠殺しようとしたときに、それが鳴きわめくのを聞いたことがある。一発目も、二発目も命中しなかったのだ。ぼくは先に全力で走ろうとしていたのと同じように、もう本気で金切り声を上げた。ザールバは壁の近くに立って、空中で、頑丈な短い杖をヒュウ、ヒュウとうならせていた。そのあとぼくを揺さぶって言った。

「もういい」

いまやぼくらは相対し、目を合わせた。ぼくらはこの町に存在する最後の二人だった。神に刻印を押された彼と、上級人種とやらに烙印を押されたぼく。彼は尋ねた。

「おやじさんはどうしている？　強制収容所からおまえたちに手紙をよこすのか？」

ぼくは首を振った。

「兄ちゃんたちは？」

もう一度首を振った。

すると、ザールバ氏は壁にもたれ、どこかの温泉の柱廊にでもいるかのように、静かに煙草に火をつけ、言葉を継いだ。

「古い池にはもう行くな。新しい池だって捨てたもんじゃない。農家の納屋から釣りができる。あそこでなら、おまえは誰の目にもとまらないだろう。あそこなら完全に安全だ。それに新しい池の鯉は、思うに、実際、もっとうまいぞ。だが、そこに行くのは真っ暗なときだけにしておけ、月が照っていないときにな」

ぼくはうっとりとした。そうするよ、とうなずいた。

それから彼は付け足した。

「もう行け、足を引きずっていくんだ。家まで足を引きずっていくんだ。わしらが初めて出会ったあのときのように。おまえはあの大きな破れた帽子を耳までかぶって、足を引きずっていただろう、正体がばれないように。いいかい、おまえさんが、わしがどんなやつなのかを窺っていた、あのときのようにだぞ」

ぼくは彼に微笑みかけた。その微笑が、ぼくが彼に与えられる、唯一のものだった。帰路についたぼくの背中に、彼がこう言っているのが聞こえた。

「鯉にやる練り餌の中にはアニスを混ぜろ。あいつら、それが好きだから、すぐに食らいつく」

ぼくは足を引きずって道を上っていった。

彼は古い池の方へと下って行った。杖を打ち、有名なあの美しいドイツの歌、リリー・マルレーンについての歌を歌っていた。それは本当に美しい歌で、ただ親衛隊のメンバーがことのほかそれを愛していたことだけが玉に瑕なのだ。

足を引きずって家に帰るみちすがら、新しい池を見定めに行った。鯉はいまや夕闇の中、水面を踊っていた。まるで自動車か手押し車の車輪のように大きな水紋を、新しい池の水面に描き出していた。あの鯉たちはアニス入りの練り餌にきっと食いつくことだろう。ただし、数日間はおあずけだ。闇夜がやってくるまで。

ドロウハー・ミーレ

戦争が終わる、そんな希望のような雰囲気が漂い始めた。

ブシュチェフラットの町の二つの池は両方とも鯉を取りつくされ、食べつくされていた。池に何かを入れる人は、もう一人もいない。誰も何も持っていないのだから。弾薬が尽きていくように、鯉の稚魚はいなくなってしまった。おそらく、誰にとっても、それはもうどうでもよいことだったのだ。それ以外の、片付けるべき仕事に日々追われていたのだから。

ぼくだけが、魚を追い求めていた。町はずれを歩き回り、小川を探した。ここではそれは、草の茂る黒い大地を通ってのろのろと流れており、王妃のリボンや首飾りのような銀色をしてはおらず、クラドノ*の町の空のように黒ずみ、それどころか、フランシャフタの石炭のように黒かった。

＊　プラハの北西二五キロにあるクラドノ郡の中核工業都市。

そのうちのいくつかにだけ、魚が泳いでいた。でも、その魚ときたら、雑魚ばかりだった。小さなジーゼクとドジョウ。そんな魚というのは、ものすごく飢えているときに生で食うか、ロンドンの短篇小説の中で、砂金探しの人たちがガツガツとむさぼり食うようなしろものだ。クリスマスツリーを彩る、きらきら輝く砂糖菓子のような銀のお魚、ブリーク。草に覆われた岸辺の下には、海の海老のようなザリガニがよくいた。その浅い穴からそいつらを引っぱり出すと、尻尾をばたつかせ、ぼくに向かってぷりぷりと怒った。

ここにはまともに食べられるものは何もありはしない。ここは、ガラス板の代わりに川岸で二方向を囲まれ、底には砂が敷かれ、上は空で覆われた、ただの大きな水族館でしかなかった。その周りには忘れな草の花が咲き、くちぐちに、「思い出しなってば」とささやいていた。

ぼくは兄貴のフゴとイルカのことを思い出していた。かつて、ぼくらは、二つのベッドをくっつけた、冷たい一つの場所で眠っていた。ぼくは毎晩イルカの背中をさすってやらねばならず、そうしなければ、彼は眠りにつくことができなかった。その代価として、イルカは1コルナをくれるのだった。

フゴは貴族のような優雅さを漂わせる少年だったが、その一方で、水車の音を口真似する、おどけた一面も持ち合わせていた。彼はぼくらにコニーチェクの水車小屋がどんなふうに粉を挽くのかを教えてくれた。フゴはそこで若い衆として、というよりも、むしろ使い走りとして働いていた。ただ働きだったり、小麦粉や優しい言葉をもらったりしながら。穀物袋を荷降ろししては積み重ね、粉挽き機に穀物を撒き入れた。古い自転車とリヤカーを持っていて、その中に農夫たちのためのパンを入れて配達していた。リヤカーごとひっくり返らないように、上り坂も下り坂も、たいていは自転車から降りて押していく。農夫たちはフゴに上等のライ麦を提供して、極上のパンを受け取っていた。彼の自転車が通って行った道はどこも、そのパンの香りが残っていた。

フゴは夕食用にパンとビールチーズ*と自家製ビールとをもらい、水車小屋の寝台の上で眠った。

＊　チーズにビールを加えて練り合わせ熟成させたもの。

そののち、フゴが強制収容所へと出発するとき、彼はぼくの寝床の上に美しい顔を寄せ、熱を帯びた両手のひらをぼくの顔に押し付けて、とびっきりの秘密をささやいた。

「もうどうしようもなくなったら、コニーチェクの水車小屋に、死にぞこないの鯉を取りに行きな。みんな、かいぼりのときにあいつがあそこにいることを見逃したんだ。たぶん、木の根元に身を潜めていたんだろうな。誰もあいつのことを知らない。あのおひげちゃんは、あの池の隅にはえている、古い柳の下を泳いでいるよ。ぼくはあいつに自分用の自家製パンをやっていたんだ。でも、ぼくにはもう必要なくなった。あそこでパンを投げてごらん、あいつが泳いでくるから」

あの日から長い時が過ぎた。フゴはどうしているだろう？　焼印の当てられたパンの代わりに、荼毘に付される死体を乗せて、手押し車を運んでいるのだろうか。その死体には自分の番号が刺青されている。それはいまやこの世では不要となり、そしてあの世でさえ必要ない。あの世では神様が別の序列で受け入れてくれるのだそうな。

ぼくらは、今のところ、ここで生きている。おふくろ、そしてぼく。だからぼくは年を経た鯉を求めて水車小屋の池へと出かけて行く。四本ひげをたらし、いまでは恐ろしく賢くなっているかもしれないし、もしかするととんでもなく馬鹿になっているかもしれない。ポケットにはパン屋のブラーホヴァーさんがぼくにくれた自家製パンを一切れ忍ばせていた。何度かつまみ食いしたが、そのあとは我慢して、鯉のために取っておいたものだ。

ぼくは水車小屋に行くのをとても楽しみにしていた。そこはぼくの頭の中では、悪魔のパッフラークたちが棲んでいる、おとぎばなしの水車小屋だ。ぼくは出かける何週間も前から準備をし、出かけるときには、おふくろが教えてくれた歌を口ずさんだ：

小川のほとりで嬢ちゃんが、
ちっちゃな魚をとったとさ。
ちっちゃな魚は漁師のため、
べっぴんさんは粉屋のため。
ビール職人にはもっとよい娘、
それが男たちにゃ自慢なのさ。

城に向かって、リヂツェ村*の畑の端を気取った姿で登っていった。眼下に広がるリヂツェ村では、ドイツ人の労働者たちが勤労前衛隊に就いており、自分たちの賛歌を確信に満ちたようすで高々と歌いあげていた：

* 中央ボヘミア州クラドノ郡にある小村。ブシュチェフラットの南方約一キロのところに位置する。第二次大戦中にドイツ軍の報復によって消滅させられた。

我ら若人なり
鍬と鋤とを携えて。

彼らは鍬と鋤とを使って、創造主でさえも見分けがつけられないほどに、地面をひっくり返していた。ぼくがリヂツェの少年たちと通っていた池は、ダイナマイトでめちゃくちゃにされ、教会が爆破されたときと同じように、その水は周囲に撒き散らされていた。フジェベチ村*から流れてくる小さな小川は、違うところへと流れを変えさせられた。白い大理石の墓碑で、彼らは道を作った。ここで静かに眠っている人々の名前や苗字を踏みつけて歩き、そして歌う。今、歌いやめた。おそらく働き始めるのだろう。彼らはダイナマイトを準備している。白い村を鍬と鋤とでこの世から消し去ることは不可能だから。

＊ リヂツェの西方約一キロに位置する村。

リヂツェ村の周囲は畑に囲まれている。

ぼくのおふくろはここに働きに通っていた。いたるところにジャガイモがなり、小さな白い花が開いている。ジャガイモは処刑された男たちや少年たちの墓の上でも育ち、女たちがその芋を掘り出してみると、それらは人間の心臓に似た形をしていた。そのジャガイモを家に持ち帰るものは、誰もいなかった。みんな、恐れていたのだ。ただ、貪欲なハナーチコヴァーだけがそれをかばんに入れて持ち帰ったが、一年のうちに死んでしまった。

鯉を捕まえに行くには、まだずいぶんと時間がある。太陽は地平線の上で傾きかけ、ぼくはドロウハー・ミーレに行ってみたかったことを思い出した。ドロウハー・ミーレとは、飛行場に至る車道の一帯のことで、古い菩提樹の木だけが生い茂っている。ドロウハー・ミーレ、それはぼくにとって漠然たる概念だった。[*]大規模な自動車レース、あるいは長い車道、もしくは全人生そのものをも示していた。フェルディナントじいちゃんは、さらにこんな格言を知っていた：

＊「ドロウハー・ミーレ」の直訳は「何マイルもの長い道のり」の意味。

目的へと粘り強く邁進せよ、
さすればドロウハー・ミーレさえも乗り越えられる

ぼくはドロウハー・ミーレへと向かって歩き、年取った鯉のためと決めていた自家製パンを、また、つまんで食べた。小川を飛び越え、道を登り始める。上にたどり着くと、実はもう、ドロウハー・ミーレはこの世から消えてしまったということをまざまざと見せつけられた。爆撃機、シュトゥーカがそこに着陸しようとして、あの菩提樹に引っかかったのだそうだ。飛行機は空中で一回転し、畑へと墜落した。木っ端微塵になり、消防ポンプが到着する前に燃え尽きてしまった。操縦士もろとも。ドロウハー・ミーレの菩提樹たちは、高い代償を払わされることとなった。大将の制帽を被ったナチ党員が装甲車でやって来て、その場に直行するなり、こう命じたのだ。

「邪魔者どもの首を全てはねろ！」

菩提樹は全て頭を切り落とされ、切り株だけが残った。人々はその木々をいたく惜しみ、農夫たちはまるで我が子のことのように、あの菩提樹のために泣いた。彼らは、木々が作り出す緑陰のなかを、卵やバターを持ってプラハの市場へと歩いて通ったことを思いだしていた。彼らは愛していたのだ。

菩提樹が香り、天高く見えなくなってしまう、そしてミツバチが木々の頂を目指して上っていく、あの甘美なひとときを。冬が来ると、咳をする人が誰一人出ないようにと、村のみんなのためにその花から茶が沸かされた。それが今や、その幹を馬が空き地へと引きずっている。幾星霜経ていたにもかかわらず、その幹は、まだ愛を知らぬ乙女の体のように真っ白だった。農夫たちは嘆いた。昔はいかなる軍人であろうと、生きている木を切り倒しておいて罰されないなんてことはなかったのに。

ぼくはその無残なドロウハー・ミーレの端まで歩いて行った。そこからは、もう、プラハまで見渡せそうだった。

コニーチェクの水車小屋へと引き返し始めた。足が痛んだ。

コニーチェクの水車小屋は美しい。まるで、ぼくの幼年期の、ネザブヂツェ村の水車小屋に匹敵するくらい美しい。屋根裏には隙間穴が秘密めかして口を開けている。粉屋が一杯やりに出かけてしまうと、そこを通って、悪魔のパッフラークたちが下へと降りてくるのだろう。パッフラークたちはお人よしの若い悪魔で、粉挽き部屋のいたるところでいろんないたずらをやってのけ、わらべ歌を歌った——回れ、回れ、水車よ回れ。一番年かさのパッフラークは、イジー王[*1]がここで自分の軍隊をブシユチェヴェス村[*2]へと率いていった時代をいまでも覚えていた。彼は煙突に腰かけ、コケコッコーと鳴き、馬のような尻尾の下にある尻の穴には、煙が吸い込まれていった。そこはぽかぽかと暖かくて居心地がよかったのだが、ほろ酔い加減になった粉屋が戻ってきやしないかと、注意を怠ることはなかった。

*1　ボヘミア王イジー・ス・ポジェブラット（一四二〇～七一）。

＊2　ブシュチェフラットの古称。

水車小屋へとやってきた。

そこは静まりかえっており、粉屋は住居に引っ込んでいるのかもしれなかった。パッフラークたちは見当たらない。ぼくは中庭に入り、家の扉を叩いた。粉屋の名前はいったい何というのだろうか？コニーチェクの水車と言うからには、当然、コニーチェクさんなのだろう。すぐに粉屋がチョッキにボタンをかけながら現れた。彼はぼくの挨拶に頷き、にっこりと笑いながら尋ねた。

「何の用かね、君？」

「コニーチェクさん、ここで魚を釣っても良いでしょうか？」

粉屋は壁にもたれかかると言った。

「わたしはコニーチェクではないよ。コニーチェクというのは初代の粉屋だ」

ぼくはお願いを繰り返した。もうコニーチェクさんとは呼びかけずに。彼はこう言った。

「釣るのは構わないよ。でも、ここじゃ何も釣れまいよ。ここにいるのは小さなパーチだけだからね。でかくはない、小指の先ほどもないんだ。うちの猫のルツィエだって、食べやしまい。鳥たちが魚の卵を、足やらくちばしやらにくっつけて、ここに運んできたんだな。小さい釣り針だってうまくいかないよ、なんと言ったって、あいつらはちっちゃなお口をしているからね。ここはもう死んだ池だ。死んだ川、もしくは死んだ水車と同じくね。わかったら池に行くのはやめておいて、部屋にお入り、おしゃべりでもしようじゃないか」

おそらく、親切な人なのだ。しかしぼくは首を振り、彼の気が変わらないうちにと、釣り糸を取り出した。彼は、やれやれ、と手を振った。

「それじゃあ、行っておいで」

ぼくにはわかった。この池の秘密を知っているのは、ぼくだけなのだろう。ぼくと、兄貴のフゴだけなのだ。水車小屋から堰に向かって歩いていると、後ろから粉屋がからかうように叫ぶのが聞こえた。

「何でも、釣ったものはお前さんのものだよ！　全部お前さんのだ！」

そして水車小屋に消えていった。ぼくは安堵のため息を洩らし、浅い池へと行った。それは大きくはなく、向こう岸まで石を放り投げることができるほどの大きさだった。しかし、緑のサラダを盛る陶器の皿のように美しい。その池の端では小さな舟が二本の櫂をのせて揺れており、水辺にはポプラと、そこかしこに柳の木がはえていた。水は緑がかって澄んでおり、その中では、まるで柳の若葉のような小さなパーチが泳いでいた。

パーチたちはいったい何を鳥たちにあげたのだろう？　鳥たちが空を渡って、これほどにも美しい池へと運んでくれたことに対して。何を彼らに約束したのだろう？　いや、これっぽっちも与えやしない。だってそれは自然の摂理なのだから。パーチたちはまるで子供のように戯れており、それは城の幼い王子のためのおもちゃだ。

ぼくは別のことが気になっていた。外れにある、ひび割れた古い柳の所へ行った。年を重ねた鯉はここに棲んでいるに違いない。けれど、粉屋がすでにあいつを釣り上げてはいないかしら？　だって、あんなに笑ってぼくに叫んだじゃないか、何でも、釣った物はお前さんのものだ、お前さんのものなんだよって。何かを付け加えてやるぞ、と叫んではいなかったかしら？　もしかしたら、〝水車小屋の半分と自分の美しい娘を〟とは。*

＊　チェコのおとぎ話には、難題を解決した者に王様が王国半分と美しい姫君を与える約束をする展開がしばしばみられる。

池のほとりに生えている柳は、水面を覆うように張り出しており、その細っこい葉が水に浸っている。しかし、水の中には何も見えなかった。ぼくは針を長い糸に結わえ付け、いつだったかおやじが絞めたガチョウの羽根の浮きを糸でつなげると、木の枝を切って竿を作った。パンを丸めて玉を作り、釣り針を池に放り込んだ。

自家製パンはまだ良い香りをたてていた。ぼくはそのパンにたまらなく空腹を感じた。でもそれはぼくのパンではない。鯉のパンなのだ。ぼくはそれを聖餐用のパンのように細かくちぎり、鯉をおびき寄せるために、池に放り込んだ。澄んだ水の上にいくつものパンの小島ができた。パンはぷかぷかしていたが、何も現れなかった。ぼくは静かに語りかけ始める。

「鯉よ。おじいちゃんよ。こっちへおいで。ぼくだよ。フゴの弟だよ、フゴの。ほらあいつさ、お前に自家製パンをやってたやつだよ。鯉よ……」

数年を経て、再び堂々と釣りが出来ることに、ぼくは喜びを抑えられなかった。番人のいない池で。だが、ドロウハー・ミーレの疲労がぼくを征服し、まぶたがくっついた。ぼくはアナグマのように丸くなって眠った。目覚めたときには、太陽の最後の光が池の上を照らしていた。竿は横たわっており、ガチョウの羽の浮きは動いていない。しかし、水面は一掃されていた。パンが消えている！　ということは、ここにおじいちゃんがいるのだ。パンを食いつくし、ひげを脂で光らせたが、利口者は針にはかからなかった。コニーチェクの池から出たくないのだ。ぼくは、そいつが水面でぼくのパンをぱくりと飲みこむさまや、そのパン焼き釜のような巨大な口を開けているさまを頭の中で思い描いた。最後のパン屑を緑の水面に投げ込み、またも転寝をした。ドロウハー・ミーレがぼくを眠りに誘う。今、飛行機と飛行服の操縦士とが燃え上がろうとしており、それがドイツ人であるにせよ、ぼくには悲しく思えた。

目覚めると、支え手のないぼくの竿は池の中を泳ぎ、水面では、それを大きな鯉が引いていた。無我夢中だった。池に入らなくちゃ。服を脱ぎすてて素っ裸になり、水に入った。全身が寒さを感じた。秋の水はすでに冷たい。水底では足指の間を泥が流れ、あそこが縮んだ。

ぼくは老練の鯉を追いかけ始めた。赤い小びれをしたパーチが、色づいた葉のように四散し、水が飛び散る。追うのはたやすくなかった。釣り竿は旅客のいない、何か不思議な船のようにぼくの前を通り過ぎ、ぼくが急ぐと、それもまた速度を増し、水面で水が飛び散る。鯉をすっかり疲れさせなければならない。追いかけっこを続けていると、土手に粉屋が現れた。

「そこで何やってるんだ?」

「竿にかかった鯉を追ってるんだ」

「鯉?」

彼は驚き、そして叫んだ。

「水から上がっておいで!」

ぼくは水から上がった。粉屋は水車小屋へと行き、大きなたもあみと小麦粉のぼろ袋を持って戻ってきた。ぼくが寒さで青ざめたり、気分が悪くて緑色になったり、ありとあらゆる色に変化していくところ、それに歯をがちがち鳴らしているのを見ていた。ぼくに小麦粉の袋を投げてよこすと、こう言った。

「お拭き。お前さんときたらひどいようすだぞ」

ぼくは拭いたが、今度は小麦粉で全身真っ白になった。

一方、粉屋は池へと行き、あの櫂付きの小さなボートのもやい綱をといた。その中にたもあみを放り込むと、飛び乗れとあごをしゃくった。ぼくは彼が手伝ってくれるのがとても嬉しかった。粉屋は櫂を力強く漕ぎ、鯉を追いかけ始める。彼は並はずれた力持ちで、ボートはほとんど水面を飛び跳ねていた。あたかも、空中を飛んでいくほうが、ボートには手っ取り早いといわんがばかりに。

鯉もまた、たくましいやつだった。自分の後ろをついてくる竿を恐れ、そのボートを恐れ、何よりその粉屋を恐れていた。ときどき水面に、力のみなぎった背びれが現れた。

粉屋は罵り、汗を流し、神はおろか悪魔にまでも手助けを乞い、チョッキを脱いだ。ついに鯉が過ちを犯した。池の小ささなどどん詰まりに入りこみ、そこからどこへも逃げ出せなくなったのだ。ぼくは竿をつかんだ。疲れ果てた鯉は腹を上にして浮かび、息を荒げていた。粉屋はそいつを掬い取り、ボートに引き上げた。

岸辺に戻ると、粉屋は鯉を秋の草の上に投げ上げ、このときようやく、ぼくは鯉を検分することができた。まるで水の妖怪のようにあごひげを垂らしているが、おなじみのパイプ*だけは持っていない。

目はたいそう特徴的で、言うならば、知性に満ちた茶色をしていて、自家製パンの塊が縮んだかのように見える。しかし、それ以外は全身が黄金色で、まるで神様の子豚のようだ。太陽はまさにそのとき沈みゆこうとし、その金色の光が鯉のわき腹の上で融けていた。金色の水が涙のように流れ、鯉の故郷の池へと帰りゆくかのように見えた。ひれはわずかに擦り切れていた。自家製パンをもらえなかったときに池の中を泳ぎ回って、何か食べるものを探したのだろう。粉屋も鯉を眺めていたが、おそらくぼくとは異なる目でだ。

＊ チェコの水の妖怪（カッパ）は緑色の服を着てしばしばパイプをくわえている。

「誰に予想できたかな。こんな大物が俺の池にいようとは」

そう言うと、彼は鯉を赤ん坊のように両腕に抱き取り、それを持って水車小屋へと向かおうとした。ぼくははっとした。彼は鯉を自分のものにしようとしている。だからぼくは、なんとか一言だけ発した。

「コニーチェクさん、その鯉はぼくのだ」

彼は振り返ると言った。

「こんな大物の鯉は、お前さんにはまだ早いよ」

彼は中庭へと行き、ぼくは裸で真っ白のまま、彼の後をついて行った。その鯉を諦めたくはなかった。なぜなら、それはぼくだけのものではなく、兄貴のフゴのものでもあったのだから。フゴは鯉を自家製パンで育てていたのだから。粉屋は鯉を倉庫の下の練り板の上に置き、出て行った。ぼくは鯉の頭を手のひらで抱え、言った。

「鯉よ。ぼくはここに来なけりゃ良かったよ」

粉屋はこん棒と包丁とを持って戻ってきた。鯉の頭を何度か殴り、血抜きのためにえらを切った。次に鯉の体から大きな金色のうろこを掻き落とした。うろこは宙に舞い、四方八方に飛び散り、まるで大地に降り注ぐ金色の雨のように見えた。それは木材に貼り付き、小麦で真っ白になったぼくの裸の体にくっついた。

そのあと、粉屋は鯉の腹を切り開き、そのはらわたから、貴重な、未消化のままで薄汚れたぼくのパンが、地面へと落ちた。粉屋は、そのようすをうかがって物欲しげにしているメンドリたちのほうへとそれを蹴飛ばし、ぼくはわっと泣き出した。彼は振り返ると尋ねた。

「まだここにいるのかい?」

ぼくは彼にうろこを拾わせてもらえるかとお願いした。

「うろこを拾って、お帰り。すぐに真っ暗になるよ」

ぼくは泥のなかにひざを付き、手のひらにいっぱいになるまでうろこを拾い集めた。衣服のところへ戻ると、それをポケットの中に入れた。それとともに、ある感情がぼくにこみあげてきた。とほうもない悲しみと、とてつもない無念さ。それに悪の水車小屋に対する、堪えきれぬ怒り。その水車小屋ではもう煙突から煙が立ち上り、ぼくの大きな鯉で夕食が煮炊きされていた。ぼくは年を経た鯉の柳のところへと行った。すでに暗闇が迫り始め、柳の朽ちた幹の中には明かりが見えた、まるで誰かを歓迎するか、もしくは誰かに別れを告げるかのように。ぼくはもう一人ぼっちだとは感じなかった。農夫たちが言っていたのは本当だった。子供や臆病な野生動物と同じように、木々は生きており、そしてか弱いのだ。

ぼくは泣くのをやめて帰途についた。それは二度と戻らない旅路よりも、はるかに骨の折れることだった。家に着くとおふくろはもう眠っていた。テーブルには、小さなカップに入ったヤギの乳と黒パンの薄切りが準備されていた。

自分の部屋でぼくは机の上にうろこを並べた。まずそれで年を経た鯉の形を作ってみた。それから、それを列やグループ、中隊や大隊に並べて、命じた。「右向け右！」「左向け左！」「コニーチェクの水車小屋に、突撃！」ぼくの目にはうろこたちが震え、閃光を発したかのように見えた。彼らは勇猛果敢な軍隊で、全世界に正義を押し広めるために奮闘しているのだ。そののち、ぼくは羽根布団の中で眠りにおちた。まどろみながら、王様のように、不届きなやからを赦していた。夢の中で、うろこは鯉の王様からの美しい金貨となった。全ての硬貨には、ほおひげをはやし、正装の胸に勲章をつけた皇帝が描かれていた。勲章の下にはこう記されていた：ローマ帝国の栄光に。ぼくは再び叫んだ「回れ右！」すると、硬貨はくるりとひっくり返り、ロートリンゲンの印とボヘミアの獅子とが現れた。それから甘いひとときを、木々の祭りやミツバチたちの祭りをも夢に見た。ぼくは美しい乙女を見た。彼女は菩提樹の幹のように白く、けがれのない体をしていた。かつてドロウハー・ミーレと呼ばれていた通りの、あの菩提樹の木々のように。

向う見ずな青年期

戦後、プロシェクさんのところで

戦争が終わると、ぼくはすぐさまクシヴォクラートへと向かった。文字どおり、飛び出したのだ。最初に訪れるときには、ただ一人で、ナップサックと一本の竿を携えて。ぼくら家族は再びプラハに住むようになっていたので、スミーホフ駅*から、汚れた窓の汽車に乗って行った。ハンカチにつばを吐き、窓のなかにきれいな丸い小窓を作った。川を目にすると、泣き出しそうな気持ちになった。

＊ プラハ5区のスミーホフにある鉄道駅。プラハ本駅の隣駅。

ぼくは春の水を見ていた。ここを流れているこのベロウンカの水は、上流ではスクリエ村*に沿って流れ、ルフのプロシェクおじさんの渡し舟の下をも流れていたはずだ。川は雲と同様に、ぼくらの人生において幸せだったここかしこをゆったりと流れている。その流れに、その魚に、それらが水面を跳びはねるようすに、堰の上の水車に、そして水をたたえた堰に、ぼくは視線を注いだ。まだ今でも粉を挽く粉屋たちに、あちらへこちらへと舟を渡している渡し守たちに。ぼくは六年ぶりの川を眺めていた。何一つ逃さないよう、顔をガラス窓に押し当てていた。ぼくはこの世のほかの何よりも川を愛してやまず、当時はその執着ぶりが恥ずかしかった。

なぜそんなにも川を愛しているのか、自分でもわからなかった。もしかして、そこに魚がいるからだろうか、それとも川は自由で束縛されていないからだろうか？　決して止まってしまうことがないから？　もしかして、さらさらと流れ続けて人をとりこにするから？　もしかして、ここに歴史があるから？　それとも、毎日その水ははるかかなたに消えさっていくから？　もしくは、その上を漕ぎ行くことができるから？　あるいは、その中で命を落としかねないから？

その当時、それに答えることはできなかった。ぼくは魅惑的な街角のにおいを探り始めたばかりの、若い雄犬のようなものだった。

ぼくの小窓の中に城が現れた。カルルシュテイン城*だ。ボヘミアの王たちは、ぼくと同じような審美眼を持っていた。ベロウンカ川を選び出し、そこにカルルシュテイン城やクシヴォクラート城を建てたのだ。

ベロウンでは、ソーダ水と言えば、黄色いものが飲まれていた。最終目的地へ行くには、クシヴォクラートを経由するラコヴニーク行きの列車に乗り換えねばならない。汽車は、そののち、鱒の養魚場の周りを通過した。そこでは、水面に映った太陽の中で、小さな鱒の子たちが、揺られたりぱちゃぱちゃ泳いだりしていた。線路はストラドニツェ*のフラヂシュチェ丘の下を通っていく。そこでは幾度か、農夫たちが畑で古い金貨を見つけていた。製材所の周囲では、木々から板材が作られ、それら

＊　中央ボヘミア州ラコヴニーク郡にある村。

＊　中央ボヘミア州ベロウン郡にあるチェコを代表する名城のひとつ。カレル四世により十四世紀に築城された。

から芳しいベッドが作られている。川は今まさに渓谷を流れている。太陽が照らしていなければ、その周囲はなんともさみしい雰囲気だ。

＊　中央ボヘミア州ベロウン郡にある町。ケルト人の遺跡が発掘されている。

クシヴォクラートで下車し、川をさかのぼっていく。もはや、ぼくと川とを隔てていた汽車の窓はない。頭の中で炸裂していた蒸気機関の轟音は消え去った。愛の季節を謳歌している魚のにおいが、鼻をくすぐった。同時にぼくはそこに溺死した兵隊の異臭も感じた。水辺の風が悲しみを忘れさせてくれる。川だって時に病み、腫れ物を患う。春の氷の塊のように、どこか別のところに流れ去ることで、川は浄化されていく。

ヴィシュニョヴァー＊の上流は清冽だ。流れの中に力強いバーベルの群れが見える。バーベルたちは逆立ちして、川底を掘っている。まるで野生の馬かカモシカの群れとそっくりだ。泡を立て、豚のようにブウブウと音を立てている。ぼくは腹ばいに寝そべってそれに目を凝らす。ぼくが身じろぎすれば、魚たちは深みへと消え去るだろう。

＊　ブラーノフ村におけるベロウンカ川の最下流地域。

上流に行くほど、川は良い香りだけを漂わせるようになる。忘れな草のように。コウホネのように。野生の菖蒲の根のように。オカトラノオのように。清らかな水の香りだけがする。

もうぼくは立ち止まらない。ルフの渡し場へと、できる限り早く着けるよう、なにもかもあらゆることに間に合おうとするかのように、ぼくは急ぐ。もう堰を通り過ぎる。そしてシーマ岩を。

シーマの岩の岩の根に、
佇むさすらい人、ふたり。

ぼくは走る。ナップサックがぼくの背中で跳びはねる。ボン、ボン！　ぼくの心臓のようだ。ハリエンジュの周りの狭いわき道を上っていくと、渡し守の小屋へと至る。まだ死なないでいておくれ（そんなことがあれば、死亡通知をよこしたはずだ）。家にいてくれないかしら。病に臥していないでおくれ。そしてぼくを忘れずにいておくれ。ぼくだと、ただ気づいておくれ。

扉を叩く。誰も開けてくれない。

「お前は遅かった。お前の子供時代は、はるかかなただ」

ぼくはポーチに坐り込んで待つ。すぐに竿を携えたプロシェクおじさんがやってくる。ぼくは彼の両腕の中に飛び込む。しかし、おじさんの抱きしめかたはぎこちない。彼は実の子供に対しても、力いっぱい抱きしめるということに慣れていないのだ。おじさんと言葉を交わし、ぼくは二人ともが年をとったことに気づく。二人とも、長い不慣れな道のりを旅してこなければならなかった。旅路、それはこれからも続くだろう。そのはてには到着地がある。そして、そこからは、もう、戻ってくることはない。

プロシェクおじさんは、ぼくに、ブラーノフの名だたるジャガイモスープをよそってくれる。その中にはヤマドリタケが、そして上にはセロリの葉や茎が浮いている。彼はぼくを静かに見つめ、それから尋ねる。

「さて、どこへ釣りに行くんだい？」

小さな鱒

スクシヴァニュ村*の小川へ魚を獲りに行った。ここは、ぼくが白い乳母車に乗せられておしゃぶりをちゅうちゅうやっていた頃から、もうみんなで通ってきていたところだ。

＊ ブラーノフ村の北西約五キロのところにある小村。

その美しい小川の付近に、かつて、実直な青年、ヤン・フラニェクがその妻とともに居を構えていた。彼はインドシナのアンナンで有能な偵察兵であった。復員すると、ネザブヂツェ村を下ったところにある、灰色の車道の分岐点に、ビールとラムと黄色いソーダ水を商う木造の売店を建て、アナモ*と名づけた。彼はそれを茶色に塗った。それから小川の少しばかり上流に、『偵察兵』という煉瓦造りのレストランを建てた。生涯かわらず、彼の心は偵察兵であり続けた。戦争中にドイツ人がプレッツェンゼー強制収容所で彼の命を奪ってしまうまで。

＊ チェコ語でアンナンの意味。

バルコニーにいるあの女性は、ヤンの奥さんだ。凛としたフラニュコヴァー夫人*。ほっそりとして、艶やかな黒髪の。ドイツ人どもがヤンを連行しようとしたとき、彼は妻にこう言い残した。

＊　フラニェク家の女性の苗字はフラニュコヴァーとなる。

「必ず『偵察兵』を守り抜け」

フラニュコヴァー婦人はこのクシヴォクラートの森のなか、一人きりで暮らしていた。彼女は落下傘部隊に何度か食べ物を提供することもあった。落下傘部隊はここでビリヤードに興じつつ、ドイツ人どもが装甲兵員輸送車で通過しやしないかと、ホルスターから拳銃を引き抜いて通りを監視していた。彼女は釣り人と旅人のために豆のスープを煮ているところだった。

すぐにぼくに目をとめると、バルコニーから叫ぶ。

「あんた、大きくなったわねえ、坊や」

ぼくは微笑んだ。確かにぼくは大きくなった。それを嬉しく思わぬ者がいようか。ぼくは嬉しい。ぼくはフラニュコヴァー夫人が好きだ。なぜだかわからないけれど。おそらく、彼女は親切だし、〝偵察兵〟氏を愛していたからだろう。それに、装甲兵員輸送車に乗ったファシストたちを恐れなかったからだろう。ぼくは、いつか彼女に何か大きな贈り物、例えば、車やオートバイのようなものを買ってあげたいと思っていた。彼女がクシヴォクラートにちょくちょく買い物に通ったり、プラハにぼくらを訪ねてきたりできるように。

庭に生えている花盛りのサクランボの木々の下をさらに歩いていった。風が吹くと、紅を差した花びらが、桃色の花吹雪となって縦横に乱れ落ちた。

庭の裏手はスクシヴァニュ村に向かう谷間に開けている。森閑とし、ここではほとんど人に出くわすこともない。牧場、畑、斜面、林と次々と変わっていく。どこかでもうカッコウが鳴き、花咲く牧場では、頼りなげな足をした、まだ小さな当歳馬たちが跳ね回っていた。

ぼくは勝手知ったる小川へと行った。

わずかに濁った水がとうとうと流れ、鱒は見あたらなかった。釣り竿は持ってこなかった。それを持ち運ぶのがためらわれたからだ。いざという時になれば、手で捕まえられるだろう。

畑とギプサールナの猟場番人の家があるあたりまで上ってきた。その家の煙突からは、煙がぷかりぷかりと吐き出されており、ぼくは身をかがめ、忍び足で水際を歩いた。それはもうまさに密漁者の習いだ。靴を脱ぎ、うっとりとした。草はひんやりと冷たく、まるで何事かを語ろうとするかのように、ぼくの足の裏をくすぐった。プラハの石畳を歩いてきた足にとって、それはタイムの香油による癒しだった。小川では何度も鱒を見かけた。片隅が淵になっている浅瀬にいて、水が彼らに与えてくれるものを待っていた。ぼくに気づくと、深みへと逃げ去った。

小川のほとりに立つ、ある猟場番人の家では、現役を退いたカレル・カロウスが生活していた。根はいいやつなんだと評する人もいたけれど、彼が誰かにそんな素振りを見せることはまるでなかった。誰彼かまわず毒舌を浴びせ、その中には、繰り返すのがはばかられるようなものまであった。後年、ぼくは彼と親しくなり、柄付き鍋で新鮮な鱒を焼いてやったりもしたが、彼は骨を炎の中に吐き出してから、豚肉のほうがましだと悪態をつくのだった。彼はいつも逃げ出す自分の牝牛に文句をつけ、金をあまりよこさない年金事務所に愚痴をこぼした。ぼくにも憎まれ口をきいた。それでも、ぼくはもう彼の人となりを理解しており、一緒にいるのが楽しかったので、笑っていた。

けれども、その当時、ぼくはただの成長しきった少年だった——フラニュコヴァー婦人が請け合ったように。ぼくは彼がものすごく恐ろしかった。猟場小屋の周りを忍び歩いた。しかし、彼から免れられるものなど、何一つない。彼はぼくを見とがめた。すぐさま、わめき始めた。

「どこへ行くんだ、この悪党め?! このごろつきが! このならず者め! イノシシのように、撃ち殺してやるぞ!」

彼は悪い足を引きずって、持ってもいないライフルを取りに猟場小屋に入った。そのときには、持っていないとは知らなかったので、ぼくは追い立てられた野生動物のように、オカトラノオの間を抜けて逃げた。大きな岩の後ろで、ようやくぼくは立ち止まった。追ってきてはいない。彼が森の中で用を足しているのが見えた。あるとき強風が彼の便所を吹き飛ばしてしまっていたのだが、彼はもうそれを建て直さなかったのだ。

カロウスの小屋の裏手には、大きな鱒の生息する一帯があった。小川はそこで狭まってもいた。いくつもの美しい小さな淵と奥まった清閑な場所があり、よくノロジカたちが水を飲みにやってきていた。時には、若い牝牛ほどもあるアカシカが迷い込んでくることもあった。

ふいと、小さな淵の中に鱒がいるのが目に入った。とても小さな淵だ。ぼくはパンツ一枚になり、小川に入った。水は冷たかった。鱒がどこにも逃げられないようにするには、同時に両方の手で行かなければならない。ぼくは両手を水に沈めた。長い間、鱒を探り当てられなかったが、ついに触れた。両者がたじろいだ。魚は冷たい体をしていた。魚の体に触れるや否や、あなたは指先から脳髄までしびれるような興奮に襲われるだろう。また触れた。鱒は身を守ろうと、木の根の間に体を滑り込ませた。思っていたよりも大きかった。それからもう一度、ぼくは魚の体を感じた。しかし鱒は木の根の間に入ってしまい、奥へ奥へと潜り込もうとしていた。引っ張り出すには、殺さなければならない。ぼくは岸辺へとナイフを取りに行った。

そして再び水に入った。

鱒はまだ穴にいた。ぼくがナイフを取りに行った、唯一の脱出のチャンスを、そいつは逸してしまったのだ。ぼくは突いたり切りつけたりし始めた。それは動かなくなり、ぼくはその死んだ体を引っぱりだした。思ったほど大きくはない。むしろ小さかった。その体は切り傷や突き傷だらけで、明るいオレンジ色の斑点は切り裂かれていた。しかし、ぼくは嬉しかった。それはぼくの初めての鱒だったのだ。

ぼくはそれを薄汚れたハンカチでくるみ、『偵察兵』へと引き返した。

『偵察兵』の前で、これをフラニュコヴァー婦人に差し上げよう、と思いついた。いったいどれほど長いあいだ、肉を手に入れていないのだろうか、いったいどれほど長いあいだ、魚を口にしていないのだろうか。ぼくは台所の扉を叩いた。彼女はぼくに微笑みかけて言った。

「どうしたの?」

「ぼく、あなたにいいものを持ってきたんです、フラニュコヴァーさん」

ぼくはハンカチを取り出し、ベンチの上で鱒の包みを開いた。無言。しばらくののち、彼女は静かに言った。

「もうしばらくの間、この子をそこで放っておいてやれなかったものかしら」

ぼくは台所を背にして車道まで駆け出し、そこで立ち止まった。しくじった。それがすなわち、ぼくが彼女にプレゼントしたいと思っていた、あの車であり、あのバイクとなった。

そして、生まれて初めての思いが頭をよぎった。

ぼくらの中にある強奪欲は、一体どこからわきだすのだろう？

魚とみれば獲らずにはいられない血は、どこからわきだすのだろう？

ぼくは恥ずかしくなり、さらに泥棒のように逃げた。味をしめ、また盗みを重ねることを自覚している泥棒のように。

川辺で服を脱ぎ、あのインドのガンジス川で罪人がやるように、身を清めようと泳いだ。ぼくは考えることを一切やめた。川は小川とは別なものなのだから。川とは、深い、全てを雪ぐ忘却の井戸なのだから。

のっぽのホンザ

この世にカヌーの旅ほど素晴らしいものはない。ルジュニツェ川[*1]やヴルタヴァ川[*2]を五回航行したが、もっと漕いだって、ぼくの病は治まらなかっただろう。川に浮かんでいるのは楽しく、釣り人にとってはえもいわれぬ魅力がある。それはまるで、焼きたてのパンにバターを塗って食べる時に、さらに蜂蜜まで塗り足すようなものだ。多くの楽しみをまさに一口で味わえる。愛してやまない川の上にいて、毎日魚を釣る。何よりも美しい淵や、この上なく魅惑的な場所で舟を止める。そこは他の釣り人が決してたどり着けない場所だ。徒歩や、いわんや自動車などでは。そこへあなたを運んでいくのは水だ。櫂でちょちょいと漕いでやるだけでよい。

＊1　オーストリアから南ボヘミア地方へと流れるチェコの河川。ヴルタヴァ川に注ぐ。
＊2　ボヘミアを流れるチェコ最大の河川、ドイツ語でモルダウ川。ラベ川に注ぐ。

櫂さばきならば、ぼくらにお任せあれ。抜群の腕前なのだから。ぼくが初めて川下りをした時の相棒は、のっぽのホンザだった。すこぶるつきの男だ。くるくるの巻き毛、柔らかな胸毛に覆われた胸、バスケットボールの選手のような長い足、そして鉱夫が使うシャベルのように大きなてのひら。馬鹿笑いするのがやたらと好きで、歌におあつらえ向きの美しい声をしていた。女たちはぼくに対する何倍も彼に熱をあげた。

ぼくらは、二人の間でオンタリオ・ルジュニツェと呼び慣らしている川をカヌーで一緒に下ることにした。未知の川だ。

ベルリンオリンピックのカヌー競技で銀メダリストとなった、ボージャ・カルリークは、繰り返しぼくらに請け合った。怖がるな、漕ぎ進んでいれば、何でもこなせるようになるのだ。彼はぼくらに滑稽な体験談も語ってくれた。二度転覆して、二度眼鏡を川底に沈めてしまったカヌー選手についての話などを。ソビエスラフ*での競技のとき、その選手は眼鏡に小さなコルク栓を付けた。転覆しても、眼鏡が浮くように。三度目の転覆のとき、コルク栓のおかげで眼鏡はルジュニツェ川に浮いていたが、選手はお陀仏となった。

＊　南ボヘミア州ターボル郡にある町。

そいつはご冗談でしょう、カルリークさん。

それでも、ぼくらはカヌーでの川下りの話に頭から飛び込んだ。水の中に飛び込みさえすれば、泳げるようになるだろうと期待している、かなづちの人のように。

呆れた話だ。なんと言っても、ぼくらはテントはおろか、舟さえ持っていなかったのだから。テントはどうしても手配できなかったが、カヌーのほうは、最後の最後になって調達できた。裸の女性がぼくらに救いの手を差し伸べてくれたのだ。

百コルナでカヌーを拝借できないかとレオポルト・ダンダ氏に願い出ると、彼は気の進まぬ素振りを見せた。しかし、『プレイボーイ』のカレンダーの、限りなく裸に近い女の子たちの写真を五枚付け加えると、彼の態度はやわらいだ。ダンダ氏は、いたって芸術家気質だったのだ。

これで漕ぎ出せることになった。

ぼくらは仕事場の机の上のタイプライターにカーボン紙を入れると、こう記した：

一ヶ月以内に戻る。さもなくば、二度と。

汽車でスフドル・オンタリオへ行った。* そこでは、前もって貨物列車で送られていた、使い古されたカヌーが、ぼくらを待っていた。すかんぴんの駆け出しのころだ。持ち物なんてほとんどなく、食えたものではない、何かろくでもない缶詰だけが入った、すかすかの袋だけだった。ぼくらはたった一本の継ぎ竿と、リールひとつに疑似餌ひとつだけを頼りにしていた。それと、ホンザの口を。

* 南ボヘミア州インドジフーフ・フラデツ郡にあるスフドル・ナド・ルジュニツィー。オーストリアとの国境近くに位置する、チェコ国内におけるルジュニツェ川の最上流域。

彼はかつて司会者を務めていたことがあり、全てをさもそれらしく言いくるめることに長けていた。それは、際限なくしゃべる雄弁家でさえ、妬むほどの弁舌だった。のちのち判明していくのだが、それは本当に重要なことだった。というのも、ぼくらは電話で宿を確保していなかったし、食べ物をほとんど持っていなかったのだから。ぼくらが持ってきたものはといえば、まず、三本のべへロフカの瓶だ。べへロフカは、彼に言わせると、あらゆる用途に応えるらしい。温まるために、急流下りの景気づけに、袖の下に。

ぼくらは駅からカヌーを持って、苦労しながらスフドルの下にたどり着き、水に浮かべて乗りこんだ。独特の、とびっきり素晴らしい感じだった。まるで、貝殻に乗って水晶の水面に浮かんでいるような。どこもかしこも川底まで見とおせた。そう、あなたはこのカヌーを発明した、老いたインディアンだ。本当のアメリカの川に戻ろうとしているところだ。あなたを恐れず、あなたのことを危害を及ぼさない同類だと思っている魚たちの背びれの上を通り過ぎて行くのだ。旅の起点となる上流域は、まさに、雪に覆われた源流のように美しい。文明生活やプラハの街に近づけば近づくほど、川は、ぼくら人間が運び込んだ汚濁にしばしば涙することになるのだろう。

櫂で漕ぐものの、うまくいかない。水の流れはぼくらを木の根の上に放り投げ、カヌーはくるくると回転した。のっぽのホンザは弓なりのカヌーの先頭に坐り、ぼくは後尾で舵を取る。ホンザは、毎日交代することを求めた。ぼくが借り物のカヌーを壊すのを黙って見てはいられないということらしい。

数時間ばかり航行すると、ぼくは慣れてきた。くねったところ、急流、狭まっているところをうまく切り抜け、その出来栄えにホンザにこう怒鳴った。

「どうだい？　うん、友よ？　言うことなしの相棒じゃないかい？」

彼はクマのようにぶつぶつと文句を言った。

川は速度を増し、そこには魚のにおいが漂い、菖蒲の甘やかな芳香に満ちた水蒸気が鼻をくすぐった。

倒木が川をまたいで横たわっている。誰か気のきくカヌーの漕ぎ手が、斧で幹の中央の枝を切り払い、ちょうどカヌー一艇がくぐれるだけの通路を作っていた。通路のあちこちで、頑丈な針葉樹の枝が垂れさがり、水に浸っている。ぼくはその明るいトンネルをくぐり通さねばならない。さもなければ、ひどい目にあうことだろう。枝がぼくらを水の中に突き落とすかもしれない。ホンザは振り返りながら、不安げにぼくに問う。

「おい、あれをすり抜けられるのか?」

「まかせとけ、相棒」

ぼくは開口部に狙いをつける。そこは十分に広い、あたかもプラハの火薬塔の門のように大きな口に見えた。しかし、近づけば近づくほど、口は小さくなっていった。そして、後にホンザが決して信じようとしなかった、何か下層流のようなものが、ぼくらを捕らえ、トウヒの枝の下へと引き込もうとした。枝は進ませてはくれたが、その真下まで来ると、ぼくらを水の中へと押さえこんでいったので、ぼくらは大英帝国海軍の潜水艦のように潜水航行した。カヌーはひっくり返り、袋が浮いた。トウヒの木の向こうにホンザの頭が現れ、息まいた。

「見ろ、くぐれなかったじゃないか、このとんま!」

やれやれと思いながら物を拾い集め、水を掻き出す。そうしてさらに漕ぎ進んでいく。ぼくらはすぐに、恋人同士のように、再びにっと笑いあった。怒れる人などいようか? あのパイクのいる美しい淵を見ているときに。ゆったりとした流れの中で、手でやるようにひれで握手をせんばかりの鱒たちを見ているときに。怒れる人などいようか? 蒼穹から太陽がさんさんと降り注ぎ、舟はゆらゆらと揺れ、腰掛が尻の下で暖まっているときに。おや、オンタリオ川を下っていたんじゃなかったかしら? 目を閉じて思いを巡らせると、ここは本当にアマゾンだ。あの枝にいる色とりどりの鳥たちは大型のオウムたちだ。

夕方、ホンザは川のほとりの家に、一夜の宿を請いに行った。首尾は上々。カヌーは川岸にひっくり返しておき、背に袋を担いで放浪者のように納屋へと行った。

ぼくらは迷彩色をした古いテント布しか持っていない。ドイツ軍は世界を征服するためにそれを持って出かけたものだが、最終的には、何も獲得することができなかった。ぼくらはせめてもの慰めに、それを敷いて、その上に並んで寝そべった。下には干草だ。干し草は、頭が痛くなるほどに薫ると言われている。寝入ってしまう前に、農夫がひとしきりおしゃべりをしに来た。

朝になると、オンドリが時を告げ、豚がブウブウと鳴くのが聞こえる。下に降りると、梯子の下に、カップに入った新鮮な牛乳と香り立つパンの薄切りが置かれていた。家にはもう誰もいない。南ボヘミアの朝は早いのだ。

ここの朝はとびっきり美しい。川のほとりの朝は、何もかもが魅惑的だ。なぜなら、その一日はまだありふれた日となっておらず、それに飽くにはまだ間がある。自然は夜の間に生まれ変わり、魚たちは疑うことを知らない。ぼくは朝食用にフライパン一杯分のローチを釣る。焼けると、パリパリと音がする。

朝があまりに気持ち良くて、ぼくはさらに歌まで歌う。それはホンザにとっては耐えがたい苦痛だ。調子っぱずれな歌声だが、楽しくて仕方がない。ぼくには数時間歌い続けるだけのレパートリーがある。なかでも、スパルタキアーダ*の歌がお気に入りだ。青や黄色や赤や白の衣装の子供たちが、それに合わせて踊ったり運動したりするもので、『金の門』という題名だ：

＊　チェコスロヴァキア時代に行われていた国民体育大会。

ネコくんが、まんまるネズミを追っかける、
ネズミは穴を、
めがけて、ぴょん。
別のネズミが穴から出ては、
ネコくんの鼻先、逃げていく。
チチチー、
チチチー、
チチチー、
おつぎは君たちだよ、ネズミさん、さあ走れ、
ハッハッハー、
ぶちネコちゃんからね。

それは可愛らしく、同時に単純で他愛ないもので、少々音韻にも欠けていたが、櫂を操るにはうってつけだった。特に、川全体にあの「ハッハッハー」が響き渡る部分は。のっぽのホンザは黙って耐えていた。

そうするうちにぼくらはウ・チカルスキーフ＊の小橋までやってきた。右手は新川、左手は旧川だ。

＊　スフドルから約一五キロ北にあるルジュニツェ川流域の地名。

旧川はボヘミアのジャングルだ。ぼくらはここを十キロメートル以上も漕いでいく。森と原生林とが混然一体となっている。無人の地だ。数百万の蚊と底なし沼。水中に倒れこみ、誰も引き上げたり切り崩したりしない木々。他の場所よりも野性の強い動物たち。ここにはかつてビーバーが生息していたことがあり、再び移殖することになっている。

保護地域。

ここではキャンプをしたり、テントを張ることすら許されない。火をたくのも禁止だ。もしかすると、ここには命知らずのならず者たちまでもが潜んでいるかもしれない。ここにやってくると、安全に生きのびるチャンスが少なくなる。足を踏み入れたとたん、泥の中に落ち込んでしまうかもしれないのだから。

幹の下をくぐって漕ぐ。でなければ、舟と、荷物までもを手で持ち運ぶ。のっぽのホンザは今のところ、ぼくよりも舵取りをうまくこなした。彼はタコみたいな長い腕をしていて、一漕ぎで大きく舟を進められた。それは労働者の仕事だ。すぐにぼくらから無償奉仕者、つまり、必要もないのに何事かを誓って取り組む、もの好きたちのしょっぱい汗が流れる。ぼくらは旧川の半ばまでやってくるうちに、しだいにうんざりしてきた。

見張り塔の蚊がぼくらに気づいたことを、ぼくらは知らなかった。おやまあ、肉だ、血がいただけるぞ！　そのようにやつの羽音が響いた。彼は二つ足が二人いるぞというすこぶるつきのニュースを羽のある自分の兄弟姉妹たちに知らせるために一直線に飛んでいく。数百万匹がぼくらに襲い掛かった。まるで爆撃機か戦闘機のようだ。その細い体の先に槍を持ち、ぼくらに突進してくる。刺すのはメスだけで、その間、血を吸わないオスどもは周りを飛び交い、甲高いプーンという音で怖気立たせる！　つまり、やつらは分業しているのだ。

　ぼくは後にさらに何度か旧川に行ったが、もう決してそのような大群を体験することはなかった。蚊はぼくらの体や舟にとまった。ぼくらはカプチン会の修道士のように衣服を着込んだが、何の効果もなかった。やつらはいたるところに入り込む。なにより、やつらは、指揮官であれば誰でも知っていることをわきまえていた。すなわち、敵の隊列を撹乱すべし。すぐにぼくとのっぽのホンザは、互いのことが厭わしくなってきた。ぼくらは二人組みなのだ。当然のことながら、どちらか一人がもう片方の避雷針になってしまう。百匹殺しても無意味だった。お次の百匹が空いた空間に押し寄せる。まるで聖書に出てくるイナゴか、あるいはバッタかシロアリのようだった。

　いまやカヌーは、銃撃戦で壊滅状態になった戦艦のように、のろのろと進んでいた。どこにも逃げようがない。ここはやつらの地だったのだ！　暖気も、湿気も、ぬかるみも、あの化け物どものためだった。ぼくらはガマの穂に火をつけて舟の横っ腹にさした。しかし、あいつらは煙をたどって、ぼくらがどこを通っているのかを知ったことだろう。

　二人の頬ははれ上がった。漕ぐのに必要な両腕も膨れ上がった。もう漕がず、口も開かなかった。ぼくらは岸辺に這い登る。そのとき、ぼくは静寂をかき乱したくて、何かろくでもないことを口走った。言い争いになった。ホンザはぼくより力持ちで、ぼくより長い腕をしている。ぼくを岸からルジユニツェ川に放り込むと、上のほうへと跳んで行き、気が触れたかのように笑ってどなった‥

おつぎは君たちだよ、ネズミさん、さあ走れ、
ぶちネコちゃんからね。
ハッハッハー

こんなとき、ぼくは、二人の仲が修復不可能な状態に陥るのではないかと恐ろしくなる。なぜなら、笑いごとではすまなくなった例もあると知っているからだ。勝利をあげられなかったあまたのスポーツ選手たちが、口論したり、殴り合いをしたり、さらには、ここぞという場面で正気を逸したものさえいるのだから。

けれども、ぼくが水中にいることは無駄ではなかった。ぼくは泳ぎ、頭だけをのぞかせていたので、蚊はそれ以上ぼくに手出しできなかった。のっぽのホンザはべへロフカをぐいっと飲み干すと、蚊の川から抜け出すために、ひとりで、まるで悪魔のように櫂をあやつった。ホンザはぼろ布で体を覆い、それを曳航用の綱でぐるぐるとしばりつけていた。

森は消えた。蚊の領土を抜けたのだ。溢れた水に浸ったいくつもの牧草地の中央に川が現れた。ぼくらはパンツ一枚となり、しだいに夫婦のように互いに口を開き始めた。

すると、何かが目を引いた。水没した湿原からぼくらに向かって、小さな旗らしきものが振られている。停止せよ！　停止せよ！　その小旗はまるで吹き流しのようだった。しかし、シギということもありうるし、オオバンかもしれない。もっと近くまでこぎ寄せなければならなかった。近づいてよ

うやく、ぼくはホンザに言った。

「鯉だ。でっかい鯉だ。水没した湿原で餌を食い、サーカスみたいに逆立ちして、尾びれを小旗のように振っているんだ。竿を出せ！」

ホンザは許可証なしに釣りを楽しむ密漁者の血を持ち合わせておらず、抗った。

「馬鹿言うなよ！　あっちは道路だぞ。面倒なことになっちまう」

それでも、彼はぼくに釣り竿を手渡した。正午だ。今にみんな、昼食にいくだろう。ホンザはぼくが竿を準備しているようすをじっと見ていた。彼はまだ釣り人の狂熱を知らず、魚を釣ったこともなかった。ぼくの手は震えることもなく竿を組み立て、このときのためにと、草と苔との入った布袋の中に忍ばせておいた太いミミズを針に刺した。

さらに、遠くまで飛ばせるように、ずっしり重い鉛をつけた。大きな弧を描かせて、緩やかな流れめがけて投げこむ。その流れは浮きを鯉の牧場へと運んでいく。鯉はすぐにそれをぱくっとのみ、ぼくは即座に針に引っ掛けた。浅瀬の中で、あたかも原っぱがすき返された畑に変わっていくかのような戦いが演じられていた。ぼくは通りに目をやった。誰も歩いていないし、車も通っていない。ホンザは目をむいて汗を流していた。可哀そうなことに、彼はまだ密漁には免疫がなかった。

ぼくは鯉を舟の中に入れた。次の鯉を引き上げた。

それから、三尾目を針にかけた。相変わらず大きかった。そいつは力強く身をばたつかせ、竿は折れてしまった。竿の残りの部分もまた折れた。それは半ば腐っていたのだ。なぜなら、川下りの旅に、ぼくは一番古い竿を持ってきていたのだから。ぼくは竿の残骸を引いて、鯉をカヌーのほうへと寄せた。それを舟の中にいれ、命じた。

「引き上げろ！　行くぜ！」

しかし、ホンザは反応しない。彼は道路を凝視していた。そこには、ぼくらのほうへとやってくる青年がいた。ホンザは彼を見つめたまま、怒りの声をもらした。

「馬鹿やろう！　だから言ったのに！」

打つ手はなかった。カヌーは密漁には向いていない。それに乗っている限り、どこにも逃げようがない。川向いにはまったく行けないし、川に浮いていれば捕えられてしまう。だからぼくらはその青年がぼくらのところへやってくるまで待った。無数のことが頭をよぎった。青年は少々みすぼらしい格好に見えたが、悪人ではなさそうだった。彼は岸辺から身を乗り出し、舟の中の鯉をまじろぎもせずに見た。そして、言った。

「そいつら、なかなか見事だな」

そしてしばらく口ごもったあと、付け加えた。

「一匹もらえないかな。妻が病気なんだ」

のっぽのホンザは身をかがめると、がっしりとした両腕で、ぼくの竿を壊した、あの一番の大物をつかんで、まるで赤ん坊のように彼に手渡した。

「持っていきなよ。俺たちだって、ただで手に入れたんだ」

ぼくらはほうっと息をつき、止まっていた心臓は脈打ち始めた。橋の下を通り過ぎると、ぼくらは二人でまんまるネズミたちの歌をわめきたてた。林の中ではヤマドリタケが生えているのを見つけた。

日暮れ時に、ぼくらは世界でもっとも大きな池、ロジュムベラーク*を横断した。

＊　南ボヘミア州インドジフーフ・フラデツ郡にあるロジュムベルク池の俗称。池の定義にもよるが、少なくともチェコ最大の池である。

晩になると、いくつかに切ったヤマドリタケを油で炒め、いったんそれを火からはずし、フライパンで鯉の下ごしらえをした。そのあと、そこにヤマドリタケを加え、さらにその周りに、缶詰のパプリカのスライスを散らした。出来上がると、ぼくらは自分の骨を奪われる心配をしている犬のように、それぞれが別々に岸辺の片隅に陣取り、息もつかずにむさぼり食った。名高い南ボヘミアの鯉を満喫するために、おしゃべりはおあずけだ。ジャガイモやパンを添えることなしに、おのおのが二キロの鯉を食べきった。

その夜はホンザの親戚の家の木彫りのベッドで眠った。若い女の描かれた古い木製の壁掛け時計がチクタクと時を刻むのを聞き、それから、家の者たちを寝過ごさせないように時を告げるのを聞いた。草は草刈鎌を待っており、羊たちは放牧を待っている。

急流を漕ぎぬけて、南ボヘミアの町々を通過した。ぼくらは竿を持っていなかったので、舌の超えた雄猫のように、魚の物乞いをした。釣り人への常套句を叫ぶ。

「釣れてるかい？　釣れてるかい？」

釣り人たちはしばしばその言葉に食いつき、答えてくれた。たいていぼくらに銀色がかったヘラブナと、釣りあげて大きさを測ることがかろうじて許される、小ぶりな鯉*とを見せてくれた。

＊　チェコでは魚種により捕獲可能サイズが制限されている場合がある。

その当時、カヌーはあまり漕がれていなかった。ぼくらは全行程で三艇のカヌーと一張りのテントを見かけただけだったのだから。だから、ぼくらは彼らの興味の的となった。そのころ、ルジュニツェ川には魚がたくさんいた。釣り人たちはぼくらの舟に魚をたっぷり放り込んでくれた。たいていの釣り人たちは、誰かが自分の釣果に関心を示すことや、自分自身が食べない魚に興味を持つことを喜んでくれた。

ぼくらは彼らにたわいない質問をした。どの魚がなんという名前なのか、その魚はお利口さんなのかそれともお馬鹿さんなのか。釣り人たちは、魚たちときたら、みんな恐ろしく賢く、やつらの裏をかくことは鍛錬でもあり、美学でもあり、それを修めるには長い時間がかかるのだ、と断言した。ぼくらは川べりに留まり、彼らはあたかも詩人か王宮の歌い手のように、魚や川について誇らしげに語ってくれた。

彼らが訪れている自然は、敬意と愛に関する学びの場を彼らに授けていた。あたかも、二人目の母のように。雑誌や本を読めば、釣り人たちが情感豊かに文章を書き綴ることがわかるのだが、今、ぼくらは、彼らがまた魅惑的に語れるということも知った。そして、たまには大ぼらを吹くということも。こうして彼らの物語は、ぼくらが耳を傾け、眠りに落ちるまで思いをめぐらせていた、あのおとぎばなしになっていくのだろう。

とある曲がり目を通り過ぎたところで、ぼくらはロベイシェク氏と親しくなった。彼はかつてエスプレッソマシンを生産していたのだが、いまでは定年退職して、釣り人となっていた。日が照りつけるなか、帽子をかぶらずに坐り、竿を眺めている。ぼくらは速度を落とし、ホンザは叫んだ。

「釣れてるかい？　釣れてるかい？」

彼は笑い、言った。

「わしにはな、お前たち、もうその手は通用せんよ。岸に上がっておいで。お前たちにな、コーヒーを淹れてやろう。本格派コーヒーだぞ」

のっぽのホンザはコーヒーで頭がいっぱいになり、あれよという間に陸によじ登った。ロベイシェク氏は、そのこじんまりした場所に、春先から初冬までいるに違いない。そこには、いろんな部品を寄せ集めた、修理の跡だらけの自動車があり、休憩用の掘立小屋もあった。それは冬に野生の鹿に餌をやるための給餌小屋に似ていた。彼はコーヒー豆を挽き始めた。発電機を作動させると、コーヒーミルが動き出す。全てのものが音を立て、飛び跳ね、芳香を漂わせる。そのかたわらで、ホンザは口元を舐めまわしていた。

ぼくらは枯れ枝と小さな板とで作ったテーブルにつき、悠久の時の中でも得難い、深い色合いの、薫り高い一杯を飲んだ。無言。このような瞬間には言葉は慎むべきだ。例えば初めてのキスや、もしくは初めての結婚式といった荘厳な瞬間には。ぼくらの前にはルジュニツェ・オンタリオ川が物憂げに流れ、コーヒーはブラジルにいるかのように薫っていた。黒檀のように黒い体をした大農場の黒人が、ロベイシェク氏と二人の若者のために、小さな潅木からコーヒー豆を収穫しているのをぼくらは見た。

ぼくらはロベイシェク氏が太陽に頭を照らしつけられないようにと、彼に麦藁帽子を捧げた。そしてベヘロフカを半分飲み干したところで、彼にコーヒー騎士の称号を授けた。ロベイシェク氏はびくからぼくらのカヌーの中に魚を全て撒き入れてくれ、さらに、ぼくらの旅が事なきを得るよう、スヴァター・ホラ*の聖母マリアの小さな絵を二枚くれた。ぼくらと一緒に行けないことに涙を流したが、それは儀礼的なものだ。彼はこの場所に慣れ親しんでいた。ぼくらがその場所に一年後にやってきたとき、彼は同じ場所に坐っており、手の平ほどの距離も移動していなかった。再び機械が唸りカタカタと音をたて、コーヒーが薫り、ブラジルの黒人たちが大農場で働いていた。そのようなことが繰り返された。彼は幸せに過ごせるこじんまりとした場所を聡くも見つけ出しており、おそらく今日まで、そこで坐り続けているだろう。片や、他の人々は、そのような場所が天国にあることを希み求めている。

＊　中央ボヘミア州プシーブラム郡の丘の上にある巡礼地。

北国の歌に君は焦がれ、
静かにぼくと耳をすまし、
白鮭が瀬をさかのぼるや……

読者のみなさん、歌っているのはのっぽのホンザだ。彼は本当に美しい声をしている。誰もがうっとりしている。人も、鳥も、多分魚でさえも。
　ぼくらはもう長い間川を航行し続けており、全くひげをそっていない。女たちはぼくらに目もくれず、あごひげは山羊のように伸びていた。村の少年たちがメエメエとはやしたてた。

試行錯誤の結果、ある日ホンザが後ろに坐れば、翌日はぼくが後ろに坐るというように、一日交替にすることにした。ぼくらは、どちらが舵取りとして、舟通しと呼ばれている堰の水路をより多く通過させられるかを、サッカーのゴールよろしく勘定していた。

ぼくらは堰へと突き進む。そこはそれほど行き来されないか、もしくはほぼ全く通るものなどないところだ。ぼくらはサヴロラ氏が述べた、勇気についての次のような言葉に従っているのだ‥

あなたの勇気を称える伝説に憧れるか？
ならば、人生は冒険だ。

ぼくらは危険な舟通しへと、憑かれたように猛進する。

波が押し寄せ、いきなり手から櫂がもぎ取られ、カヌーは羽毛のように空中に投げ出される。ぼくらは水中に沈み、水で息が詰まった。ぼくは溺れた。渦を巻き、泡立つ水から逃れ出た時には、ホンザの姿が見えなかった。一瞬息を吸い込んだ。また水の中へと引きずり込まれ、ぼくは水から吐き出されるまで待った。数千時間もかけて、水泳や潜水術を学んでいたことを幸運に思った。パニックに陥いるな。水はようやくぼくを吐き出した。首を伸ばしたが、のっぽのホンザは、やはり、いない。ぼくは泣きたくなった。でもそれは愚かなことだ。こんなとき、人は何よりもまず救助のことを考える。そのあとようやく、これから何が起こるのか、そしてどんな結果が待ち受けているのかということに思い至る。ホンザがここにいない。そして、ここにはぼくらを助けてくれそうな人もいない。八方塞がりだ。かたくなな彼の母親は、ぼくを殺すことだろう。だって、彼女は自分自身のことをこう言っている：わたしは厳格なんじゃないの、悪魔のような母親なのよ！　なぜホンザを助けなかったのか、誰がそれを引き起こしたのか、ぼくは糾弾されるだろう。

再び水中に潜り、浮き上がってくると、彼の鼻面がぼくのそばでにやりと笑っていた。彼は叫んだ。

「危険こそ、俺たちの望むところだ！」

感謝します、神よ。どうやら、一人が浮いている時に、もう一人が水中に沈んでいたようだった。

次の堰にはこう警告があった：

溺死者十六名は告ぐ。
この堰は奸悪なり。
我々は命を代価に
それを知った。

ぼくらはそこへと向かった。サヴロラ氏の言葉のためではない。ぼくらが若く、愚かだったからだ。人生において、岩や倒木のある、危険と隣り合わせの堰以外の場所で勇気を示すということを、まだ知らなかったからだ。ぼくらはまだ死を経験していない。だからそこへと向かっていく。死ぬということが何を意味するのかを知らないから。ぼくらは死を侮り、笑い飛ばしていたから。ぼくらは自分自身を過信し、いかにすばらしく泳げるかに慢心していたから。ぼくらは死ぬということを信じていなかったから。窮地を切り抜けたのは、素晴らしいことだった。しかしそれは狂気の美学だ。危険極まりない堰の近くで、幼子のパンツを剥ぎ取って尻を叩き、子供たちが先生と黄色いコウホネの花を探しに通う安全な小道へとぼくらを送り出す、その役目を担う母親が、そこにはいなかった。

ターボル*の金物屋で、ぼくは一番安いリールをホンザのために、そしてプロシェクおじさんが魚釣りに使っているような黄色い竹の釣り竿を二本買った。ぼくはパイクの孵化場で二人分の許可料を支払った。

* 南ボヘミア州ターボル郡の中心都市。

「釣ってみろって」ぼくはのっぽのホンザに言った。

彼はそれに何も答えなかったが、彼が興奮のあまりわなないているのがぼくにはわかった。実のところ、大人である彼が魚釣りをするとき、釣り竿をどのように使うのかを見てみたくもあった。ぼくは、ホンザに落ち着いて準備をさせたかったし、なにより、誰かに襟を掴まれて連れて行かれるのではないかと、怖れさせたくはなかった。加えて、先にルジュニツェ川で許可なしに食べてしまったあの魚に対しても、少し代価を払っておこうとしたのだ。何か免罪符のようなものを。人が罪を犯したとき、誰かに罪を許してもらおうと、教会の献金箱に貨幣を詰め込むような、何かそんなものを。

ぼくらはプシービェニツェ*に近づこうとしているところだった。当時、そこはボヘミアの一景勝地であり、ボヘミアの地といえば、我が祖国だ。アダム派の城砦の跡、深い森、ビールを出す居酒屋。ぼくらは許可証を手に、あたかも川の所有者のように振舞った。潜って二枚貝を採っては殻を開け、そのぬるぬるした肉で魚を釣った。

＊　ターボル郡のマルシツェにある地域名。ルジュニツェ川が大きく蛇行した内側河岸に中世のプシービェニツェ城跡がある。

ぼくはのっぽのホンザに注目していた。ぐっぐっぐと、釣り竿に初めて当たりがくると、彼の手が震えた。彼は数度竿をしゃくったが、かかったのはハンノキの葉っぱだけだった。そのあと、二枚貝で、真紅のひれをした鱒を釣り上げた。興奮に息せききった長い戦いが終わり、彼は魚を岸に引き寄せ、岸辺でそれを撫でさすった。ぼくは自分が小さな少年のころ、まさにそれと同じことをしたあの瞬間を思い出していた。そのあとホンザは、その鱒はいったいどれくらいの目方だろうかとずっと尋ね続けた。

ぼくは自分の竿にはほとんど注意を払わずに放っていた。ホンザだけを見守っていた。間違ってはいなかった。初めての魚と出会った彼は、釣りの魅力という針に、自分自身を引っ掛けた。たいていの人々は、子供の頃に釣り人と一緒に釣りを始めるに違いない。しかし、彼はそれとは明らかに異なっていた。ぼくらは鱒とローチとで袋をいっぱいにした。数日間、プシービェニツェの近くに留まって釣りをした。

ある日ぼくらはそこで干草の上に横たわっていた。ひびの入った納屋の梁を眺めていると、ホンザが感に堪えないかのように魚について語り始めた。

「これは野ウサギを撃つのとは違うな。野ウサギはさ、目で見ながら、パンとやる。でも、魚を釣るのは明らかに謎めいている。想像の世界だ。神秘的だ。疑似餌は水中に沈み、水の中は見えない。そこで何が起こっているかわからないし、どんな魚がそこにいるのかもわからない。それは知られざる世界だ……」

　ぼくは眠りに落ちていったが、彼はまるで、学校に通い始めた少年が初めての日々のことをお母さんに話しているかのように、魚について語っていた。ぼくはすぐにでも寝入る必要があった。早起きして、彼抜きで魚を釣りに行きたかったのだ。もう一度、一人で釣りに行きたかった。ぼくはこれまで魚釣りに誰も誘って行きはしなかった。一人きりで、川と相対していたかった。

　人の足音がぼくを苛立たせ、人の話し声がぼくの神経を逆撫でする。それは自然に属するものではないだろう。人は自然の中で取るに足らないことや愚にもつかないことをしゃべる。自然がその傍らで、直接かつ明瞭に、美や愛や憎しみや、心の糧や死について語っているというのに。あたかも、何らかの存在が、自然の中からその本質以外のものを消し去り、美しいものだけにしたかのようだ。おやじや兄貴たちと魚釣りに通っていたとき、たいてい、ぼくは川のほとりで彼らのもとから姿を消した。ぼくは彼らにも、川のほとりで一人になるための同様な権利を与えたのだ。だから、ぼくは夜に納屋をぬけ、のっぽのホンザのもとを離れた。

　そこは何とも風流なスホメルの水車小屋の近くだった。水車は小麦粉をまぶしたような色をしていた。ぼくはカヌーに乗って対岸に向かい、対岸のあたりで、流されないように適当に漕いだ。夜が没し、新たな一日が目覚めようとする、その時間だった。経験的に、このような境目、このような分かれ目は、釣りにもっとも適しているということを、ぼくは知っていた。夜明けだ。魚たちは夜が明けて寝ぼけ眼をこすっているが、しかし、もうまっしぐらに食いつくことだろう。とりわけ、誰かがやつらの鼻先で給仕してやったならば。

ぼくもそうした。

ここの水車の下のよどみにはパイクがいることがあると知っていたので、道糸に釣り針一本が付いた、より糸をつないだ。そしてそれに小刀のような小さな魚を刺した。それを水に投げこむやいなや、シャベルのような鱒がそれに襲い掛かった。ぼくは鱒をカヌーのなかにそっと横たえた。深く呼吸し、日に焼かれるままになっている。そののち、カヌーの中に二尾目を、そして三尾目を揚げた。さらにそのあとには、八十センチは優にあるパイクと、鮮やかな色合いの頭をしたパーチ。ここでは、魚はまるで養殖場にいるかのように、重なり合って水の中にいた。あっというい間に舟は金魚鉢のようになった。ぼくはそれ以上釣るのを止めた。数年後にも、相変わらず、魚は入れ食いだった。カヌーからの釣りは堪えられない。魚を引くと、舟はぼくの下で揺れる。まるでカナダのニピゴン湖やジェームズ湾が載った、カラフルなコート紙のちらしのようだった。

ぼくは戻ると、カヌーを水辺の潅木に結わえ付け、もう少し転寝しに帰っていった。

朝六時になると、のっぽのホンザが、もう釣りに行く時間だとぼくを引っ張った。一人で行けよ、とぼくは言った。彼は竿をつかむと、水辺へと飛んでいった。カヌーのそばで、ホンザは全てを察した。その日、彼はぼくに一言も口をきかなかった。そしてそれ以降、もう決して、ぼくに一緒に釣りに行こうとは言わなかった。彼は釣り人になりつつあった。

その日から、ぼくらは、それぞれ別の場所に魚を釣りに行った。ホンザは、釣りにおける彼のパートナーはぼくではなく、それは川と賢い魚たちなのだと、すぐに理解した。ときに、釣りの細かい技術について尋ねてくることはあったが、それが全てだった。ときどき魚を数匹もってきたが、たいていそれはパーチかローチだった。

ルジュニツェ川はゆっくりと終わりに近づいていた。ぼくらは常に交代していた。ある日ホンザが後ろなら、翌日はぼくというように。通り抜けた舟通しの数は、どっこいどっこいだった。

プラハに近づくと、宿の確保はどんどん難しくなっていった。舟人たちは言っている。南ボヘミアでは農場主があなたをベッドに寝かせ、スラピ*では親戚までもがあなたを干草の上に横たわらせると。プラハとその近郊では、あたかも悪魔が大半の人々の心を石に変えてしまうかのようだった。

* 中央ボヘミア州プラハ西方郡にある町のひとつ。プラハ中心部から南方に約三〇キロ。

雨と夕闇とがせまっている。ぼくらには眠る場所がなかった。野宿するしかなさそうだが、二人とも手足のまめが痛んだ。

思いがけなく、川べりに、小説『マルケータ・ラザロヴァー』*の時代に紛れ込んだかのような美しい建物が見えた。ぼくらはカヌーを引き上げ、ホンザはそこを訪ねる準備をした。うまくいくように、袋からしわくちゃの上着とシャツを探しだした。体を洗い、髪とあごひげを梳いたりさえした。ぼくはもう恐ろしく疲れ果てていた。その日一日で、ぼくらはほぼ四十キロメートルも漕いできたのだから。ホンザはぼくに優しかった。こう請け合った。

* 中世ボヘミアに生きる盗賊の二家族を中心として生の残虐さと純粋さを描き出したヴラヂスラフ・ヴァンチュラの小説。

「うまくいくって。あそこでは煙突から煙が上がってる。きっと大丈夫だ。俺たちに牛乳をくれるさ。俺の後をゆっくりついて来な。まず俺が交渉してみるよ」

ぼくは彼の後ろを歩いていった。彼は門の中に消えたが、そこにいたのは一瞬だけだ。荒れ狂ったような咆哮が響いた。門からホンザが飛び出してきた。恐怖に目をむいている。彼はアメリカの第一級の野球選手のようにひざを高く上げ、まめが痛むのも忘れて疾走してきた。ぼくのそばまで駆け寄りながら、叫んだ。

「逃げろってば！」

そのすぐ後を、彼のきちがいじみた走りっぷりの原因が追いかけてきた。門から二頭のシェパードが飛び出してきたのだ。ぼくもぼんやりしてはいなかった。母なる川へと一目散に走った。幸い、そこから遠くはない。ぼくはカヌーを水に投げ入れ、ホンザがそれに飛び乗った。間一髪だ。次の瞬間にシェパードたちが駆け込んできた。シェパードは水の中には入ってこなかった。岸に坐り、ぼくらよりは幾分落ち着いた息をし、濡れたピンク色の舌をだらりと垂らし、揺らしていた。美しく、風格のある犬だった。血統書付きであるのは明らかだった。

すぐに激しい雨が降り始め、真っ暗になった。ぼくらは川を漕ぎゆくが、心地よさそうなものは何一つない。どこを通っているのか、何かにぶつかってしまわないか、見当もつかなかった。魚が餌をあさる舌鼓が響き、ぼくらの上では夜鳥の翼がばさばさと乾いた音を立てた。寒く、ひどく眠たかった。どこにもまったく建物はなく、こんな夜更けになってしまっては、もう誰もどこにもぼくらを引き入れてはくれないだろう。

テントだ。

小さく、白いテントだ。川べりに立っている。しかしかなり小さく、登山家が狭い平地に張るテントのようにちっぽけだった。ぼくらはその奇跡を凝視した。のっぽのホンザが言った。

「やったぞ」

ぼくらは速度を落とし、完全に止まると、カヌーを岸辺に引きあげた。それから、まだ遠いところからゆっくりとそのテントに向かって歩いていった。ぼくらが近くまで行くと、くぐもった犬の鳴き声が聞こえた。ということは、あそこでは犬を連れているのか。ぼくらが途方にくれて立っていると、中から男の声がした。

「何の用かな?」

ホンザが答えた。

「ひどい天気なんだが、俺たちには眠る場所がないんだ。あなたのところに、お邪魔させてはもらえないだろうか?」

少しの間沈黙し、それから再び男の声が言った。

「ここには女の子がいるんだ」

それでは、恋人どうしなんだろう、夫婦とは思えなかった。ホンザはそれに対して
「俺たちは女の子がいたってかまわない」

再び静まり、それからテントが押し広げられ、その雨の中、ざっと三十歳といったころあいの、水辺のスポーツ愛好家らしき男が、白いフォックステリアを連れて外に這い出てきた。見るからに感じのよい青年で、ことを荒立てるのを好まないタイプの人間だった。男の後ろに彼のガールフレンドが出てきた。彼らは大きなランプを灯していたので、ぼくらは互いを窺い合うことができた。彼らはほ

くらを見定めたかったのだ。ぼくらも彼らを一瞥した。

　そのスポーツマンは銀色の星がちりばめられたショートパンツをはいていた。それは、後年ジョンソン大統領が写真に撮らせたのと同じようなやつだった。彼の女の子は、誰の目にも綺麗な子だった。赤毛でとび色の目をしている。こんなに素晴らしく華やかないい女をぼくはこれまで目にしたことがなかった。見かけるとすれば、メトロ・ゴールドウィン・メイヤーで製作される映画でしかありえない。ぼくはすこぶる気に入ったが、ホンザもそうだった。なぜなら、濃い眉の下で彼女に興味ありげな目つきをしていたのだから。

　ぼくらは黙っていた。スポーツマンは全てを観察して思案していた。

　そして判断を下した。

「あなたたち、このテントは小さい。あなたたちに魔法瓶の紅茶を飲ませてあげるから、先へ行っておくれ」

　彼が魔法瓶を開けている間に、ホンザは素早くテントの中にもぐりこんだ。俺は今までの人生の中で、はるかに小さいテントで寝たことがあり、それは〝お墓ちゃん〟と呼ばれているんだ、と言いながら。ぼくら全員が、せめてわずかな場所だけでも確保しようと、彼を追ってもぐりこんだ。スポーツマンは観念した。ぼくは最後にもぐりこんだ。ホンザの足はまるっきり全てが外にはみ出し、雨に濡れていた。

　フォックステリアを入れて、テントの中にはぼくら五人がいた。ぼくが横になると、フォックステリアは、温めてもらおうとぼくの上で横になった。犬は大人しいたちで、頻繁にぼくを舌で嘗め回してくれた。あの赤毛の女の子はスポーツマンが自分の体でぼくらから隔離していた。それにもかかわらず、ぼくは寝入る前に長い間、彼女のどこかを触れないかしら、と考えていた。せめて手でもいい、それはぼくを暖め、良い気分にしてくれたことだろう。しかしぼくはどうしたら良いのか知らなかったし、醜聞を少しばかり恐れてもいた。一度そういう場面に出くわしたことがある。暗闇の中で若者にひざを触られたある女性が、映画館中に響きわたる平手打ちをお見舞いしたところに。

しかし、のっぽのホンザは何の自制もしなかったらしい。最初に彼は暗がりで間違えてあの青年を触ったが、そのあとは、もうもっとうまくやってのけ、テントの中でささやき声が聞こえた。夜半過ぎに、銀の星のショートパンツのスポーツマンは、テントからのっぽのホンザを投げ出し、どこにも触っていないにもかかわらず、続けざまにぼくまでもを投げ出した。さらに、眠るときに仲良くなったフォックステリアをけしかけた。

ぼくらは外に立っていたが、雨はもうほんの小降りになっていた。もう少しばかり下流で朝まで魚を釣り、明るくなったらさらに漕ぎ出そう。ぼくら二人とも何も釣れず、寒さに凍え、釣りを楽しめはしなかった。

ぼくらは暗がりの中で、警告看板を見過ごしてしまっていた。『この区域では釣りは全面禁止』『魚の産卵繁殖地につき、大統領であろうと、ここでは釣りを禁ず』。

明かるくなると、川の対岸に茶色の革の上着を着た男が現れ、叫んだ。

「許可証番号は何番だ?」

川の下流域の許可証は持っておらず、いうまでもなく番号もなかった。ホンザが叫んだ。

「説明するよ。あんたのところにカヌーで行くから」

青年は、ぼくらが産卵場所で釣りをしているのだということを、そして、それはかなり高くつくだろうということを厳しく説いた。そうか、ぼくがロジュムベラークの通りの近くで鯉を釣るために竿の包みをほどいたとき、ホンザが予期していた窮地とは、これだったのだ。

片や、ホンザはぼくら三人が温まれるように、トウヒの木立の間に乾いた小枝で火を起こしていた。そのあと、その男がこの地方でどんな生活をしているのかを尋ね、それから、彼の子供たちと奥さんとがどうしているのかを心配そうに聞きだした。それは鯉にそこらにいるミミズをやるようなもので、ホンザにとっては朝飯前のことだったのだが、その男はそれに食いついてきた。こんな早朝に川の周りをうろつきまわっているのは、おそらく奥さんと寝ることができないからか、もしくは奥さん抜きで眠ることができないか、あるいは何かが彼を悩ませているからなのだ。このような機会のために携えてきた、ベヘロフカの最後の一瓶を彼に手渡した。

彼はあらゆることを罵り始め、すぐに叫んだ。もう二度と子供も妻も見たくない。ぼくらと川を下ってプラハに行き、聖ヤンの流れ*を征服するのだ、と。当時、もうずいぶん前に、その聖ヤンの急流はせき止められて消滅していた。

＊　プラハ西方郡のスラピとスチェホヴィツェの間にあったヴルタヴァ川の急流。

結局、のっぽのホンザは彼を抱きかかえてカヌーに連れて行き、彼と対岸へ、つまり家族のところへと戻って行った。その男はずっと叫んでいた。

「繁殖地が何だって言うんだ！　君たちこそ真の若者だ！　聖ヤンの流れよ、万歳！　家に帰るのはまっぴらだ！」

　そしてさらにありとあらゆる文句を叫び、ホンザにキスをした。ホンザが舟を出すと、彼は対岸の葦の茂みで体を丸め、まるで子犬のように眠った。帰ってきたホンザは幾分悲しげだった。ぼくら二人のやったことのせいかもしれないし、人生そのものが原因なのかもしれない。ぼくらはもう魚を釣らず、さらに漕ぎ進んでいった。ぼくらのオンタリオの旗は半旗になっていた。

　けれども、太陽がぼくらを少し元気づけてくれた。太陽はしばしば天の精神科医たちの巨大な黄色い薬になる。悲しみを追いやり、良い気分をもたらすために処方される特効薬だと言う人もいるだろう。太陽はときにより、スイス製の薬、ノヴェリルや、アメリカ製の薬、アヴェンティルＨＣｌよりよく効くことがある。太陽はぼくらを拭いてくれる黄色いテリー織りのタオルでもあり、ぼくらを乾燥させるドライヤーのようなものでもある。太陽は、また、ぼくらの心臓に飛び込み、ぼくらの心が犬の鼻づらのように冷え切っているときに、それを燃え上がらせてもくれる。

　ルジュニツェ川より幾分広いことで知られるヴルタヴァ川で、いかだ乗りたちの同意を得て、航行するいかだの上にカヌーを乗り上げた。ぼくらは体を休めたかったし、数日間は何もしたくなかった。それはぼくが思うに最後のいかだで、最後のいかだ乗りたちだったろう。いかだの親方を務めていたのは七十五歳のピシンゲルおじさんだ。歯がもう二本しかなく、白いつばの粋な帽子をかぶっている。彼はぼくらにこう言う。

「若いのや、おまえたちに敬意を表して、サクスフォンに火をつけようじゃないか」

　頭をもたげていななく雄鹿が描かれた、サクスフォンのパイプをふかした。パイプからはヴルタヴァ川の蒸気船のように煙が出た。ぼくらはゆったりとくつろぎ、流れている川を眺め、軋んでは同じく流れていくいかだを眺めた。いかだの上には、スヴァトプルク公の枝[*1]のように積み上げられたシュマヴァ[*2]のトウヒが、荷車に四台分あり、クヴィルダやレノラ、ジェルナヴァ[*3]周辺の森のように香っていた。作家カレル・クロステルマン[*4]が描き出した、森の孤独な世界を彷彿とさせるに違いない。ピシンゲルさんは他の仕事のかたわら、ぼくらにいろいろな蘊蓄を語り、ぼくは〝二番いかだのブレーキ〟と呼ばれている櫂を使っていかだを操ってみようとした。

＊1　モラヴィアのスヴァトプルク公が三人の息子に説いた訓話。木の枝三本を束ねると折れないことから協力することの大切さを諭した。
＊2　チェコのプルゼニュ州と南ボヘミア州とにまたがる森林地帯。シュマヴァからドイツのバイエルン州にかけて広がるこの広大な森林地帯はヨーロッパの緑の屋根とも呼ばれている。
＊3　全てシュマヴァ森林地帯に位置する村。
＊4　チェコの作家（一八四八〜一九四三）。シュマヴァの自然や人々の生活を題材とした作品を残した。

いかだの上でぼくらの借り物の舟も休んでいる。一部リーグを全戦こなしたサッカー選手のように、ピンク色の絆創膏をしていた。

岸辺では釣り人が釣りをしていた。ぼくらは、彼が、往年の傑出した中距離ランナーで、現在はスポーツ新聞記者となった、ホンザ・ノヴォトニーであるのに気づいた。

おお、ホンザじゃないか！　ホンザ、釣れていないのかい？　ぼくはヘラブナを捕まえたんだよ。トビウオのように、三尾のヘラブナがいかだに飛び込んできたのだ。脂で揚げ焼きにしたヘラブナ、それはとびっきりのごちそうだ。しかし、そのためには脂がいる。
いかだの上には祭壇のような小さな机があり、その上には草の根や茎混じりの粘土が置かれていた。ここでいかだ乗りたちが旅のあいだに調理をするのだ。ジャガイモスープのための水は直接川から汲む。彼らはぼくらにヤマドリタケとジャガイモの美味いスープを作ってくれた。ぼくらは彼らのために脂でヘラブナを揚げ焼きにした。その脂は、おふくろたちが小鍋に入れてくれたのを持ってきていたのだった。
さて、みんな、最期に一緒に歌おうよ。ホンザはあの美しい声で、ぼくはあの調子はずれの声で歌う。

起きとくれ、アンドゥルカ！
朝めしを作っとくれ、
おいらは舟を漕がねばならぬ‥
小舟にゃ荷物が山積みだ。
アンドゥルカは起きだして、
朝めしをこしらえて、
さらにおいらを小舟へと
見送ってくれた。

ぼくらはいかだ乗りたちに永遠の別れを告げる。なぜなら、もう二度と生きて会うことはないだろうから。そして、それにより、古き良きヴルタヴァ川にも別れを告げた。ぼくらは無言のままプラハに向かって漕ぐ。その水はどろりとよどんでいるので脂と呼ばれている。ズブラスラフ[*1]の下に来て、ようやく川は再び流れ始める。旅の終わりに、舟が波から波へと揺られる時の感覚や、船首がかすかに乾いた音を立てるときの感覚をぼくらはいとおしむ。天の精神科医の、あの大きな薬である太陽は、もうペトシーン[*2]の向こうに沈んでいる。

＊1　プラハ南端に位置する区のひとつ。
＊2　プラハ中心部にある丘。歴史的建造物に加え、公園やケーブルカー、展望台がある。

プラハに戻ると、レオポルト・ダンダ氏は、ぼくらが彼の一番美しいカヌーを傷だらけにしてくれたとのたもうた。こんなに擦り傷がつき、みすぼらしくなり、くたびれて、引きずられた跡がつき、駄目にされた舟は、今まで見たことがない、と。つまり、彼は舟を数多く所有し、何度も貸し出してきていたので、それについては確かな経験を持っていたのだ。

ダンダ氏はぼくらにプレイボーイの芸術的なカレンダーから、完全にすっぽんぽんの女の写真を十枚、追加で要求した。彼がこう注文したことに、ぼくは目を丸くした。

「金髪の女もなくちゃいかんが、赤毛の女も持ってこい」

かくして、ぼくはその軽い紙の女を捜しに、プラハ中を歩き回った。のっぽのホンザはぼくに任せっきりだった。彼はまったく別のことで頭がいっぱいだったのだ。そのころホンザは、小さな白いテントのあの赤毛の女と歩いていたのだから。

潜水艦での魚釣り

ぼくは生きている間にせめて一度でも、大きな川か巨大な湖や海で——いやいや、海ははなから大きいものだった、だって海なのだから——そういうところで魚を釣りたいと熱望していた。それは長い間かなわなかった。アメリカの湖、ミシガン湖で魚を釣ったが、釣れたのは小さなパーチだけ。ドニエプル川ではパイクを釣ったが、それも大きくはなかった。釣り人とは、それぞれの国について熟知せねばならないし、魚の習性を知らねばならない。時間と金とがなくてはならないし、大きな魚を求めて汽車や飛行機で数千キロメートルも離れた場所に行かねばならない。

ポーランドで、ようやく、海で釣りたいというぼくの願いに明かりが灯った。ポーランドの海軍省がぼくを軍の潜水艦へと招待してくれたのだ。ぼくは潜水艦の〝せ〟の字すら知らず、潜水艦の航行中に魚を釣れるのかどうかも全く知らなかったのだが、嬉々として招待を受けた。

ぼくはまず、ブラーニーク*のトゥロニーチェクさんの密漁竿を水中の旅のために荷造りした。それは四つの短いパーツに分かれており、コートの下に隠すことができる。そのような継ぎ竿は今日では一般的だが、当時はまだ珍しいものだった。ハインツのずっしりとした銀のスピナー、いくつものきらきらした仕掛けと疑似餌。ぼくはそれらを海の魚どもをだますのに選び出した。コートの下に隠した竿とともに、ぼくは小さなランチ、シレーナ号に乗りこんだ。そのランチの脇腹には下半身の薄汚れた大きな裸の人魚が描かれていた。

＊　プラハ４区にある地区名の俗称。正式名称はブラニーク。

海は、ヴァーツラヴァーク＊よりももっと広大な、青や緑の水面で埋め尽くされていた。海は世の中で最も大きな広場であり、生きとし生けるものは、主にその広場の下で育まれているのだ。

＊　プラハ中心部にあるヴァーツラフ広場の俗称。

ぼくらが水を分け波を切って進むと、その海の子供たちが次から次へと生まれてくる。見事にチェコ語を操る、とても若いシレーナ号のチーフは、ある緯度・経度にいるはずの潜水艦を探していた。人魚はうろこのある尾を波に濡らしている。彩色された、美しくてつんとした乳房をしており、そこには波が届かないため、乾燥していた。荘厳な感じだ。

とうとうシレーナ号のチーフは身を動かし、潜水艦を眺めてごらんなさいと、素早くぼくに望遠鏡を手渡した。でも、ぼくの訓練されていない目にはそれらしきものは何も見えない。ただ水平線に短い線が見えるだけで、それは何度も映画で見た、波の羽根布団にくるまっている鯨の子供のように思われた。しかし、みんなが、あれがその潜水艦だ、と熱心に示してくれる。ぼくらはそれへと向かっていく。潜水艦が八十メートルにまで大きくなると、それは広告に出ているアバディエの葉巻を巨大にしたものに似ていた。上部は青灰色で下部は緑色だった。

潜水艦スップの艦長、チェスラフ・オブレプスキがじきじきにぼくを出迎えてくれた。巨大なハッチが跳ね開けられ、バン！　バン！　と音を立てた。潜水艦からはプーシキンの物語に出てくるような屈強な若者たちが飛び出してきた。

儀仗隊、かしら左！

ぼくをまるで隣国の将軍のように迎えてくれた。その隣国ときたら、ロジュムベルクの池が主要な海となるようなところなのに。そして、ぼくはちっとも価値ある人物ではなく、あまつさえ、だぶだぶのコートの下には、トゥロニーチェクの密漁竿を隠し持ち、その竿でバルト海の魚の蓄えを減らしてやろうと目論んでいるというのに。

チェスラフ・オブレプスキ艦長はたいていの外国人がそうするように、まずぼくにチェコスロヴァキアについて語った。チェコ人の女の子とつきあっていたが、彼女は彼の期待を裏切った。チェコの切手を収集しているが、そちらは彼を欺きはしない。それらにはチェコ人によって育まれた文化が見て取れる。それら切手は鏡であり、このように語っている：あなたがたはその最も素晴らしいものに属しているのだ、と。

彼はクレオパトラが緑色のディヴァンベッドの上でゆったりと寛いでいる切手についてぼくに話した。ぼくは切手については知らないが、うちの通りの出自である〝クレオパトラ〟のことならば知っていた。彼女はたいした悪女だった。

艦長はさらにほかの切手について語り、潜水艦はスウェーデンに向かって進んでいた。スウェーデンといえば、その切手ははるかに地味なものだ。

そのあと、彼は自分の潜水艦の艦首から艦尾までぼくに見せて回った。そこにも海軍大将らしき人物がいたが、おそらく視察に来ているようで、名前はロマノフスキといったように思う。オブレプスキ氏は三十歳だが、ロマノフスキ氏はその二倍の歳だった。ウサギの飼育者のような雰囲気だ。たいてい黙しており、何かについて語る必要というものを感じていないようだった。

ぼくら人間の大多数が、他人にすぐさま何かをひけらかすことに慣れている。自分の美しい言葉使い、車、収入、別荘、休暇小屋、知識、称号、地位、栄誉、そして教養や面識、もしくは自分の犬であったりさえする。ロマノフスキ氏はどうやら現場知らずのドブネズミのように見えた。時の流れとともに、誰かのコネで大将に据えられたのだろう。

オブレプスキ氏は素晴らしく息の合った乗組員たちを披露してくれた。乗組員たちは六十秒以内に姿を消し、潜水艦は水に潜っていく。水上では時速四十キロメートルで進み、水面下では時速二十キロメートルで進む。

かつてスップは世界中で最も近代的な潜水艦であった。大戦前に、オランダがポーランドのために九百万ドルで建造したのだ。主砲に速射砲。潜望鏡。艦内電話。ロケット弾発射機。潜水艦には十基の魚雷が搭載されている。五キロメートル以内は確実に射程圏内だ。

下では機関兵たちが黙々と働いている。彼らは地下の暖かい層で働く鉱夫のように、半裸だ。そこには桃色の鼻面をしたクマと、桃色のドレスと靴を身につけた数体の抱き人形が置かれている。彼らは死に直面したとき、あのおもちゃたちに慰められるのだろうか？　ピンで貼り付けられた魅惑的な女たちの写真――彼女たちを腕に抱きしめるのだろうか？

潜水艦内での死は何より恐ろしいという。燃え上がる飛行機の中や、あるいは戦車のキャタピラの下敷きよりも悲惨だ。亀裂の入った潜水艦は傾き、しばしば海底まで沈み、もう浮上することはかなわない。ただ数人の人間だけが魚雷のように打ち上げられて浮かび上がる。残りの人たちは、何時間も何時間も待ち続ける。空気がなくなり、より弱い肺を持つ同僚たちから死んでゆく。最後に最も強靭なものが息絶える。

潜水艦は水面下で轟きをあげている。うなり、震えながら、鉄の馬は突進していく。あたかも、水面下を大きな飛行機が飛ぶかのような、そんな感じがする。しかし、はるかに手狭だ。ぼくには数千立方メートルの圧力がかかっている。そう考えると、息苦しくなった。

ぼくは忘れようと努めた。

無駄な場所を取らないよう、艦内のあちこちに工夫がこらされている。ベッドは就寝時に側壁から引き出して鎖で吊るす。食卓は天井から降ろされる。降りてくる時には、

「サアミナサン、チュウショクノジュンビガ、トトノイマシタ！」

ぼくらは食卓につく。食卓の周りには青いソファーが並んでいる。ぼくはオブレプスキ氏とロマノフスキ氏との間に坐る。

簡易調理場は小さく、暖かい食べ物は調理しない。果物の冷製スープ。ソーセージ。ハム。ロマノフスキ氏はぼくに英国風の紅茶を注ぎながら、ぼくが兵役についたかどうかを尋ねた。

それはもう、行きましたとも、ロマノフスキさん。戦時中、ぼくはまだ幼かったのです。しかし、戦後に兵役を務めました。オルリツェ山脈*では斥候競技で勝利をあげましたよ。障害物の下を匍匐前進したのです。ぼくらめがけて射撃が行われました。模擬弾ですがね。テントもなしに、雪の上で眠

ったんです。それは恐ろしく辛いものでしたよ。何かが割れる音、水に落ち込む音、誰かの泣き声。ぼくの父は、あるとき軍隊のぼく宛てに魚釣り用の竿を送ってくれ、それでぼくは鱒釣りに通いました。そうだ、ロマノフスキさん、ぼくの父はウサギを飼っていました。シャンパンウサギなんです。あなたならご存知でしょう、ねえ?

＊　ボヘミア北東部のポーランドとの国境に位置する山脈。

ロマノフスキ氏は「存じあげません」と首を振ったが、こちらに耳を傾けている。ぼくに紅茶を注ぎながら、クトナー・ホラの教会*について、何か話をしてもらえないでしょうかと頼んだ。彼はそれを絵で見たことがあるのだという。

＊　中央ボヘミア州クトナー・ホラ郡には聖バルボラ教会をはじめ、いくつかの歴史的建造物が集まる地域がある。

それはたいそう美しい寺院ですよ、とぼくは彼におしえた。至宝です。それ以上は知らなかった。ロマノフスキは笑い、ぼくは初めて彼の瞳を眺めた。ぼくはそこに深い疲労の色を見て取った。あたかも、全世界を徒歩でひと巡りし、その道中に、ナザレのキリストよりもはるかに苦しんできたかのようだった。彼はウサギの飼育者ではなかったようだ。

そののち、オブレプスキ艦長が、何かやりたいことはありますかと尋ねてきた。

「ぼくは釣り竿を持ってきています。海の魚を釣ることができれば、嬉しいのですが」

彼はうなずき、スウェーデンについて何かを語り、そこで潜水艦を止まらせるから、釣りができるだろうとのことを語った。

「スウェーデンニチカヅキマシタラ、トマリマスノデ、ソノトキニオタメシクダサイ」

潜水艦はさらに一時間進み、そして止った。ぼくは艦首の上に出た。柔らかなそよ風が吹き、水面にさざなみを立てていた。スピナー釣りにはもってこいだ。手すりの代わりに鉄のロープが張られ、だから、ぼくが海に転落することはありえなかった。

兵士と将校たちはぼくに注意を払っているようだった。ぼくは竿を組み立て、先端にハインツのスピナーとおもりをつけて、スピナーが水中深くに沈むようにした。心の底から願った。何か色鮮やかな魚のやつがだまされますように。そして、ポーランド人たちがぼくらの切手とクトナー・ホラの聖バルボラ教会について、これほどにまで良い印象を持っているところで、恥をかくことになりませんように。

ぼくはスピナーを青い無窮の深みに放り込んだ。それと戯れた。引くときには、低くなったり高くなったりするに任せ、すばしっこい魚のために勢いよく巻き、怠惰な流浪の魚のために少しずつゆっくりと巻いた。

スピナーを十回、百回と投げた。交換し、別のスピナーにもしてみた。アメリカ製の風変わりなもの。フランス製の正確に回転するもの。日本製の、立派なカモメの羽がついた、まるで羽毛のように軽いもの。潜水艦の全員が待機していた。ポーランド人たちは黙っていた。たった一度だけ、暗い大きな影がスピナーの後をついていくのが見えたが、どうやら魚は単に調べたかっただけのようだ。あそこのへんてこりんなものは何なのだろう、と。

半時間ののち、ぼくは竿を片付けた。ポーランド人たちは、気にするな、多分ここには魚がいないのだと手を振った。

ポーランドへと戻って行く。ずっと海上を航行していた。ぼくらは艦首に立ち、黙っていた。バルト海は暗く、冷たかった。どこもかしこも平和で静かだった。

すると、機関が停止し、まるでボクサーのように均整の取れた体格の船乗りが甲板に出てきた。彼は導火線から煙の上がっている鉄の弾を手に抱えて運んでいる。それを潜水艦から力の限り遠くへと投げた。一瞬ののち、爆発音が鳴り響いた。船乗りたちは小さなゴムボートに乗り込んだ。手にはたもあみと、おそらく洗濯物用であろう小さなカゴを持っている。

すぐに魚たちが浮き上がってきた。魚たちは死の発作のなかで、腹を上に向けてくるくる回っている。船乗りたちはそれをたもあみで掬ってはそのカゴの中に入れていった。魚の体は次から次へと絶え間なく現れ、多くは桃色や紫色の花のような色がついているか、もしくは奇怪な蘭の花のようでもあった。それは美しかったが、しかし既に死のうとしていた。ぼくはそんなつもりではなかったし、そんなことを望みもしなかった。ぼくには、その中に、自らの骨でできた鎧をつけた海の馬、タツノオトシゴがうじゃうじゃといるように思えた。それらは今まさに鞍をつけられ、どこかへ放浪の旅に出ようとしているのだ。

船乗りたちはぼくの足元に魚でいっぱいになったカゴを置き、ボクサーがぼくに尋ねた。

「ゴマンゾクサレマシタカ?」

ぼくはうなずいた。しかしカゴの中を見ることができない。何かが恐ろしかったのだが、それが何なのかはわからない。もしかすると、魚の目が怖かったのかもしれない。ぼくは人の目をした魚がいるんじゃないかと恐れており、それまで一度も目を見ていなかった。あるいは、あのタツノオトシゴが恐ろしかったのか。人が奴らを狙撃するか手投げ弾で殺してしまう前に、本物の馬のようにいななくかもしれない。

航行を続け、あたりは暗くなってきた。遠くに海岸の明かりがちらちらと揺れていた。船尾では船乗りのルドルフ・フランツォウスがギターをつま弾いていた。若者たちは潜水艦乗りの過酷な仕事について歌い、それから、潜水艦がもう母港に戻っていくという歌を歌った。

ぼくは魚とともにランチ、シレーナ号へと再び乗り換えた。スップは緑色の信号弾を打ち上げたのち、軍港に入っていった。

シレーナ号のチーフがぼくにチェコ語で尋ねた。

「スップにはまだ他に誰かいましたか?」

「ボレスラフ・ロマノフスキさんだとかいう人が」

「ロマノフスキとお会いになったのですか? 彼とお話になりましたか? ついてますね!」

「なぜです?」

「話せば長くなるだろう話があるのです。ポーランド全土がすでに隷属化されていたそのとき、それでもロマノフスキは戦っていました。彼は、おそらく、第二次大戦時における最も勇敢な潜水艦の艦長であったでしょう。ファシストが彼の潜水艦、イエストシャープ[*1]を沈めたとき、ひどく負傷した彼はポーランド国旗とともに浮かび上がってきましたので、船乗りたちは彼が出血多量で死んでしまわないように、彼をその旗で包みました。それから彼は潜水艦ヂーク、つまりヂヴォカー・カネッツ[*2]に乗り込みました。そして十九隻のファシストの船を三万六千人の兵士もろとも沈めたのです。

＊1　鷹の意味。
＊2　イノシシの意味。

シレーナのチーフは口をつぐみ、ぼくはロマノフスキがぼくにクトナー・ホラについて質問したことに思いをはせた。ぼくはとんでもないことを思いついた。その沈んだ兵士たちは、クトナー・ホラの人口の二倍ではないか。シレーナのチーフは続けた。

「こんなね、彼についての歌が歌われているんですよ」

口ずさみ始めた：

艦隊みんなが笑ってる、
やつら、イノシシ野郎だと。
だがそのイノシシの背後では、
絶えず炎が燃えさかる。

ぼくは黙った。ぼくは人生において、もう何度か思い違いをしてきた。あの最も素晴らしい人たちこそ、最も謙虚なのだ。ただ愚か者と哀れな人だけが、自分を大物だと思いこむために、自分自身をひけらかす必要があるのだ。このぼくも、空砲を浴びながら、果敢に障害物のある道を這って行ったさまをロマノフスキに語った。それは彼にとって苦笑してしまうようなことだったに違いない。

クトナー・ホラに行ったら、四方八方から、彼のためにその寺院を写真に撮ろう。ぼくが桟橋に上がろうとすると、シレーナの彼が叫んだ。

「魚を忘れていますよ、あなたが取った魚を！」

ぼくは聞こえない振りをして、駈け出した。走りながら、同じように惨めな状態に陥った、ミシガン湖やドニエプル川のことを考えていた。ただ、それは、波止場でもう光を輝かせている潜水艦スップでの恥に比べたら、些細なものだった。

おそらく次回は、海と呼ばれるこの世の紺碧の丘で、もっと大きな幸運をつかめるだろう。そうしたら、水の中にブイを投げ入れ、それに自分の旗を突き刺そう。旗の片面は白くしよう。海に沈んでいき、すっぽりとそこに入ってしまう月のように。そしてもう片面は金色にしよう。海から姿を現す太陽のように。それからその旗には魚を描こう。その魚は緑のディヴァンベッドの上の魅惑的なクレオパトラのように、真紅にしよう。目は、虹色にしよう。

ハガツオ

ぼくは再び海のそばにいた。今度はヨーロッパの下の方だ。たいていの海のように青色であるにもかかわらず、なぜだか、〝黒い〟と呼ばれている海のほとりに。

ぼくは既にヴィエラと結婚していた。彼女は器量良しで、モデルのような体つきをしており、ぼくは彼女に惚れていた。彼女は息子を授けてくれたが、こいつは釣人になることだろう。それに関して、ぼくは間違ってはいなかった。

ヴィエラの最も素晴らしいところは、昼も夜も、好んで魚を食べたことだ。これは釣り人が出会い得る幸せのうち、何と言っても、最も大きなものだ。いつも水辺にいることを妻が責めるのではなく、それどころか、寝床でぐずぐずせず、きちんと起床するように、早朝に起こしてくれるのだ。クリスマスには靴下やハンカチの代わりに、何度か、スピナーと釣り針とをくれた。使いものにはならなかったけれど。なぜなら、彼女は釣りというものを理解していたわけではなかったので。

ぼくらは一緒に飛行機に乗り、山を越え、谷を越えて黒海に向かった。その飛行機は、とりわけ、風が吹きつけたり海が荒れたりすると、いつ墜落してもおかしくないような、ちっぽけなしろものだった。

青い海岸で、えもいわれぬ気分を味わった。

ぼくらは小さな部屋を借りていた。一方の壁が全面ガラス窓になっており、そこから、正方形に切り取られた海が見える。カレル・チャペックとアントン・パヴロヴィッチ・チェーホフの素敵な短篇小説を読み、その登場人物たちがぼくらを疲れさせると、大理石の階段をかけおりて波の中に飛び込む。その当時、ぼくはいつも、領海の端にたどり着いてしまうほど、遠くまで泳いでいっていた。いつも波の中に潜り、その下を泳ぎ渡り、別の方向から頭を出した。自分の下に底知れぬ深淵を感じ、しだいに怖くなってきたが、ぼくは耐えた。魚のような自由を感じた。

海岸では、監視員であり、船員であり、そして漁師でもある、アセン、ヤキム、ヴァスカの三人が双眼鏡でぼくに注意を払っている。彼らは海にモーターボートを入れ、ぼくに追いつくと、いつもぶつぶつと文句を言った。晩にアキモのパブで、ぼくは彼らにボトルをご馳走してやらねばならなかった。彼らはぼくには無理であろうところまで、そしてぼくが海の底に沈んでしまいかねないところまでは、決して泳がせようとしなかった。

三週間の間、そのおどけ者たちは、はるか沖合いまで猛魚を捕らえに連れて行ってやろうと約束を繰り返していた。約束が果たされぬまま、三度目の日曜日が過ぎ、明日にはもう、あのトランシルヴァニアのアルプスをやっとのことで越える小さな飛行機で、また家に帰らねばならない。

その日、ぼくらは二度と体験できないほど素晴らしい一日を過ごした。ヴィエラとしょっぱい海で水浴びをし、そのあと真水のシャワーを浴びた。海岸で牛肉のかけらを餌に三センチメートルのパーチを釣り、子供たちのおもちゃ用にと瓶の中に入れていった。夕方には蝉がジージージーと鳴くのを聞き、海岸のアーモンドの木から直接アーモンドを失敬した。そのときには、警官の一人がぼくらを木の上に押し上げてくれた。

＊ オタと結婚したとき、ヴィエラには連れ子が二人いた。

晩にはあの漁師たちに招かれて、アキモに踊りに行った。そこにあるのは寄木の床のちっぽけな踊り場だったが、とても良かった。だって、近くの海からそよ風が吹き、からかうように女たちの絹のドレスを翻すと、彼女たちは幸せそうに笑っていたのだから。アセン、ヤキム、ヴァスカはぼくの妻を踊りに誘った。それは素敵なことだったと思う。というのも、彼女はようやく男らしい男たちと踊ったのだから。

三人の若者たちは裕福ではなく、一人は白血病で死を迎えようとしていた。しかし、その晩はぼくらのために、王様の宴のような贅沢なもてなしをしてくれた。彼らは午後ずっと、食べられる貝を拾ったり、海底から引き剥がしたりしていた。そしてその肉にレモンと珍しいソースをかけた。食卓の上にはすらりとしたワインの瓶と、ぼくらの国のドジョウに似た、からりと揚げられて骨ごと食べられる、銀色の小魚が並んだ。

夜半をまわり、海にもう月が見えるようになったとき、彼らは翌日の早朝に荒くれ魚を釣りに行くと言った。そして、お前はそんなに早く起きてみせられるか、とぼくに尋ねた。

ぼくはうなずいたが、まったく自信はなかった。そこでぼくは、半ば酔っ払ったまま、夜が明けるのを待った。ヴィエラはホテルで眠っており、ぼくは岸辺の砂の上の壊れかけた樽の上に坐り、漁師たちを待っていた。腹が減った。たいていの男たちがぶつぶつ言うように、自分の妻のところへ行ってぼやきたかった。しかし、この釣りのチャンスを失ってはならないとわかっていた。なぜなら、これはもう二度とあることではないのだから。

ぼくはその樽から二度落ち、二度よじ登った。そのあと、海から太陽が昇ってくるのを見た。海はかすかに震え、そこから、悪魔たちがサッカーをして遊ぶボールのような、燃え上がる橙色の球が成長していく。橙色の球は大きく膨れ上がった。それは強靭なへその緒のようなもので海につながれている。そののち波が太陽を引き離し、太陽は蒼穹へと漕ぎ出した。一日が生まれた。

アセンがやって来た。重たい櫂を抱え、糸と釣り針の包みを持っている。でも、それは小魚用の小さな釣り針だ。ぼくはがっかりした。そのようなものなら、もう幾度となく経験している。ぼくらは小舟を海に進め、櫂で二枚貝の入り江へと向かって漕いだ。アセンは上機嫌だった。いかりを投入し、釣り具の荷をほどいた。ぼくに仕掛けを一つ手渡し、それにゼラチン質のザリガニを突き刺した。彼は自分用にも仕掛けを取り上げ、手に握った。糸が震え、彼は銀色の小魚を引き上げた。ぼくは、近衛歩兵連隊の赤いコートをまとった、小ぶりのパーチを釣り上げた。ぼくらは小魚を次々と釣り上げた。しかし、どうしようもない小物ばかりだ。ブルガリア陣は常にチェコスロヴァキア陣より十尾上をいっていた。とはいえ、取るに足らない釣りだった。

海がゆらゆらしていると、いきなり気持ちが悪くなった。空と海とがひっくり返り、ぼくは吐いた。内臓が締め付けられ、死にそうな気分で仰向けに横たわった。そして誰かがこう言うのを聞いた。

「ああ、船酔いだな」

ゆっくりと全てが再び静まっていった。一連の出来事にどれほどの時間が過ぎたかわからない。ぼくはまだ海のぷんとした臭いを感じている。いまいましく臭う貝に、腐った魚の。

空色のボートがぼくらの方へと向かってくるのに気づいた。そこにはヤキムとヴァスカが坐っている。二人は、浜辺の監視員をごまかしてやった、いよいよこれから獰猛な魚を釣り始めるぞ、と大笑いした。ぼくはいざり寄って青いボートへと乗り移り、小魚の漁が単なる見せかけだったことを悟った。巨大なエンジンがかかり、馬力の轟音が鳴り響く。波打ち際から遠く離れたこの場所では、もうほとんどトルコの海岸を見ることができ、全てが一変していた。海、空、風が。海は荒れ狂っておらず、雲は遠ざかり、風はもうそよ風だけになっていた。ここのどこかにいるに違いない‥

獰猛な魚が。

それはハガツオだった。

その当時、ハガツオはこのあたりでは希少な魚となっており、その居場所を見つけることはできなかった。ヴァスカは長くがっしりとした潮切りヒコーキを準備していた。それからは十本のより細い釣り糸がのび、それぞれに針が付いていた。潮切りヒコーキは雪のように純白でなければならない。さもなければ漁師たちのお気に召さないのだ。おのおのの針には、帽子についているような羽がついていた。水に流されている白い羽は、荒れ狂ったハガツオに対して、銀色のスピナーと同じ効果がある。人間だって、きらきら輝くお金にならば飛びつくだろう、そんな状況をうみ出す、まがいものなのだ。

さらにほぼ一時間南に向かっていたとき、ぼくらはハガツオを発見した。ものすごい数のカモメの群れだ。ぼくらが近づくと、水面が沸騰しているかのように激しく泡立っているのがわかった。その水と泡とが混ざり合ったところから空中へと、小さな銀の魚が、そしてハガツオの鋼の体が跳び出し、カモメが舞っていた。無数の小魚は、おそらく海の表面を旅しており、ハガツオの群れは、盗賊たちの奇襲よろしく、それらに襲い掛かっていた。小魚たちが空中に飛び出すと、そこでは、カモメという姿の死が待ち構えている。鳥たちは小魚を狙って水面に、さらに水中にもやって来て、河川のパイクさながら獰猛なハガツオは、そいつらの羽毛を引きむしった。それはソドムとゴモラのつかの間の惨劇だった。ぼくはボートの中で立ち上がり、そのさまを凝視していた。

ヴァスカがぼくに命じた。

「行け!」

巻かれていた仕掛けがボートの後部で、あたかも万国旗のように広がった。鳥の羽毛とかみそりのように鋭い針とが準備された。そのときまでハガツオが死の種をまいていたのだが、今やハガツオを迎えに死がやって来たのだ。

青いボートは騒乱の真っ只中へと狙いを定めた。ぼくは糸を握り締め、水は変わらずたぎっていた。ボートはその場所に無慈悲にも切り込み、カモメは叫んで飛び立ち、海はもうただ波打っているだけだった。しかし、その瞬間まで、ぼくらの下で、ハガツオはぎらぎらした目をして狩りをしている。ぼくは手に最初の当たりを感じた。投げ縄でガチョウを捕らえ、車の後ろで引きずり運んでいるときのような手ごたえだ。すぐさま二回目の引きがあった。ぼくは数えるのをやめた。ボートはさらに海を疾走し、糸にかかった魚が増えていくと、しだいに握りしめている仕掛けがずっしりと重くなっていった。そしてぼくははっとした。海の荒ぶる魚を生まれて初めて捕えたその喜びから、ぼくは泣いていたのだ。

仕掛けは、もう、ボートの後部で風にはためいてはいない。海の深遠に向かって一直線に吊り下がっている。ぼくは身をかがめ、苦労しながら手繰り上げ始めた。突然、水の中に、クリスマスツリーのように銀色の飾り玉で飾りつけられた糸が見えた。それはクリスマスツリーよりも、さらに魅力的かもしれない。なぜなら、水の独特な青みに沈んだ仕掛けの先では、ハガツオがこの世の最後となる踊りを踊っていたからだ。生れ育った故郷に、いとまを告げようとしていた。

ぼくはハガツオたちをボートの縁から引き込んだ。赤銅色の目をむき、美しい流線型の体をビチビチと動かしていた。水中では稲妻のような速度を誇っていたに違いない。尾びれの付け根は細く引き締まり、最新型の航空機にそっくりだ。一尾がぼくの足の皮膚を突き刺すか引き裂くかして、血が流れた。ボートにひざまずいているぼくは、やつらと自分の血にまみれ、海の漁師のように、幾千もの小さな塩の結晶で覆われた。ぼくは一回の巻き上げで十二尾を手に入れた。ぼくのものなのだ。

ぼくらは海岸へと向かい、青いボートを浜に引き上げた。浜辺はまだ眠りの中だった。ぼくは漁師たちに別れの挨拶を告げた。特に白血病を患っているアセンに。もう二度と彼らと会うことはないだろう。

ぼくは、どんな願いでもかなえてくれる金の魚を釣った漁師のように、ホテルの階段を駆け上がった。

ヴィエラはまだ眠っていた。彼女は、これまで過ごしてきた人生に疲れていた。そして、彼女を待ちうけているこれからの人生に備えるため、前もって眠っている。あたかも、女には眠る時間がいくらあっても足りないというかのように。ぼくはハガツオを紙の上に広げた。ハガツオたちにとって最後となる太陽の光が、ガラス張りの壁を通じて彼らを照らしていた。彼らを生涯養い、彼らに力を与えてきた太陽が。ぼくは魚をどっさり獲った漁師が誰でもそうであるように、居ても立ってもいられなくなった。ヴィエラの額にキスをした。彼女はまぶたを開き、自分のベッドのそばの早朝の釣果を目にした。そして言った。

「きれいな魚。まるで太陽の光みたい」

彼女はぼくに微笑みかけた。それが報酬だった。彼女の目は閉じ、再び眠った。ガラスの壁の向こうで、海のゆりかごが彼女を眠らせたのだ。

ぼくは魚について一家言を持っていた。最後の最後まで、漁師でありたかった。誰にもハガツオを譲り渡したくなかった。なぜなら、無償でそれを受け取るのに値する者など、いやしないからだ。

ぼくは魚を集めると、それを持って市場へ行った。海草と魚のにおいが漂っている。そこに空いた小机を見つけ、その上に自分のハガツオを広げた。ぼくは漁師でありたかった。魚を獲るだけでは十分ではなく、パンやバターや塩を手に入れるために、それをひさぎもせねばならない。ぼくはハガツオを並べ、布切れでぬぐい、客を待った。女たちはその魚が上等の肉をしていることを知っており、数分のうちにハガツオは売りさばけてしまった。

彼女たちは、ぼくがホテルの部屋からポケットに突っ込んできた木の皿に、レフ硬貨*を投げこんでいった。

ぼくが戻ると、ヴィエラはもう服を着替えていた。ぼくが銀貨を彼女の手のひらの中に撒き入れると、彼女はにっこり笑った。全てを察したのだ。彼女はそのお金で、ぼくらの部屋の壁に飾る、藁でできた壁掛けを買った。

ぼくはときに壁掛けの前で揺り椅子に坐る。すると、青いボートに乗って進んでいるかのような気分になる。目の前の壁掛けの上では、ギラギラした目つきの猛々しいハガツオが襲いかかっている。小魚はランプの明かりの中で空中に飛び跳ね、上からは小魚めがけて穏やかなカモメたちが降りてくる。カモメは似ていた。まだ寒かったころ、そして冷え切った心を善行で暖める必要があったあのころ、国民劇場へと通ってロフリーク*をやっていた、あの鳥に。

＊　ブルガリアの通貨。

＊　三日月型をしたロールパン。チェコ人の主食のひとつ。

回帰

プンプルデントリフ

おやじは人生を旅するうちに年老い、それは釣りの腕前にも現れてきた。それでもなお、人生の記念となる魚を釣り上げたがっていた。しかし、大きな魚となると、ちょいとやっかいだった。繊細な仕掛けに食いつけば、それをばらしてしまうだろうし、頑丈な仕掛けで釣り上げようとすると、たいてい食いつきやしない。そう、多くの場合、釣りとは、人生で遭遇するできごとにそっくりだ：ぼくらが渇望するもの――それには決して手が届きはしない。

スコホヴィツェ[*1]のダム湖で、おやじにナマズの当たりが五回ほどきた。通称スマールと呼ばれているやつだ。[*2]一尾なぞは、おやじを小舟ごと、サッカー場の長辺の距離ほども引っ張り回したあげく、こいつもやはり糸を切った。

＊1　プラハ西方郡のヴラナー・ナド・ヴルタヴォウ内の地域名。プラハから約四キロ南下したところにある。

＊2　ヨーロッパオオナマズ。大きくなると体長二メートルに達することもある。

そのうちの一尾をおやじはようやくのことで手にした。おそらく五キログラムばかりの目方の、ひげを垂らした、小ぶりで神秘的な目をしたナマズだ。黒い子豚のように見えた。釣り上げたそのとき、そいつはおやじを有頂天にさせた。ところがどっこい、どうやらそれはあの望んでいたほどの大物ではないとわかってくると、ぼくらにその魚を見せながら、こう言った。

「こいつはプンプルデントリフだ」

おやじはその言葉が意味するところを決して正確には知らなかったが、好んで使っていた。その意味するところは、おやじによると、こういうことらしい。

美しい婦人が夜会服か立派な毛皮のコートに身を装って歩いている。とそのとき、彼女をうっとり眺めていた人たちはみんな、しらけてしまう。美しい彼女は、何と、糞を踏んづけてしまっているのだ。そういったことらしい。

そのナマズは、黒い夜会服をまとった貴婦人のように、美しい見た目をしていたが、残念なことに、〝ヨーロッパオオナマズ〟という名前に恥じない大きさの、オオナマズではなかった。

おやじはそれを白樺の下にある、うちの大きな泉にいれたが、それが間違いのもとだった。なぜなら、そのあとおやじは、ナマズを釣り上げたと吹聴するために、ハルトマンの飲み屋に出かけていったからだ。それというのも、釣果はもう長い間、彼の沽券にかかわっていた。

ハルトマンは満員で、賑わっていた。おやじは紙巻煙草を買うと、あるじの前でだしぬけに言った。

「よう、ナマズを釣ったぜ」

「どのくらいのだ?」

おやじは、もちろん、この質問を待ち構えていた。だから、家でやったのと同じように言った。

「プンプルデントリフってことよ」

そして、夜会服の貴婦人が紙を手に、歩道で靴のかかとを拭っていているようすを思い浮かべた。

ところが、あるじはそのユーモアを解さなかった。再びせっかちに尋ねた。

「そのナマズは何キロあるんだ？」

おやじはとっさに口をすべらせてしまった。

「二十キロ」

小さくはないが、ことさら大きくもなく、敬意の念を呼び起こすのにちょうど良いといった大きさだ。おやじは腰かけ、グリオトカ*の大きなグラスを注文した。それは、おやじがちょくちょく飲むとのできる、唯一のアルコールであった。おやじがそれを好んでいたのは、一つにはそれがおしゃぶり飴のように甘いからであり、そしてもう一つには、それが彼に、生まれ故郷であるブシュチェフラットの町の学校裏にあったサクランボ果樹園を思い起こさせるからだった。少年のころ、サクランボを盗むために通っていた果樹園を。そのグリオトカを飲むと、少年たちに木を空け渡さねばならないことを罵って飛び去るムクドリの叫び声を聞き、それから、こん棒を持って飛んでくる農夫の怒鳴り声を耳にするのだった。

＊　甘みの強いサクランボのリキュール。

片や、ハルトマンの居酒屋、その栄誉ある釣り人とハイカーたちの飲み屋では、パヴェルのじいさんがナマズを釣り上げた話が広まった。そして、客たちは、そろそろおしっこをしたいところだったし、新鮮な空気も吸いたかったので、良い具合に酔った、あるものの提案が受け入れられた。

そのナマズを拝みに行こうぜ、と。

おやじにはその提案を思いとどまらせることはできなかった。なぜなら、彼らの大半は、釣り人以外の何者でもなく、全てを自分の目で見ないことには、納得しない連中だったからだ。おやじは素早く考えをめぐらせた。彼らにハーフサイズのビール樽をごちそうしてやろうかしら。しかし、でっかい樽を一樽飲ませたって、連中を止めさせることなどできなさそうだとわかった。

彼らはおぼつかない足取りで居酒屋を後にすると、叫び、歌いながら、ヨーロッパオオナマズに属するナマズの大きさと重さとをはかりなおすために、ぼくらの休暇小屋[*]「ヘルマ」へと出発した。おやじはうなだれて彼らの後について歩き、彼らはなぜだか知らないが、肉屋の歌を歌っていた…

＊ チェコでは多くの人々が自然の中で休暇を過ごすための別荘小屋を持っている。

肉屋を営むおやじほど
素敵な仕事はないことよ…
朝は起きるや、店へ行き、
ジョッキを握り締めるのよ。

休暇小屋では、ぼくらの小柄なおふくろのヘルマが、代表団に挨拶をした。おふくろはすぐに一部始終を察した。なぜなら、彼女はおやじと一つ屋根の下で長い間暮らしてきており、自分の夫のことをもう知りぬいていたからだ。それに、彼らの背後で、憤怒の形相のおやじが、何とかしろと身振り手振りで示していたのだから。ドゥシェクという名の釣り人が口上を述べた。

「奥さま、我々はあなたの旦那さまが釣り上げられた、あのナマズを拝見しに参上いたしました」

そしてお辞儀をした。おふくろは稲妻のようにすばやく考えめぐらせた。彼らはまだ、あのナマズを見るのにふさわしい状態にはない。そこで、彼らを休暇小屋の食卓やベランダへと招きいれた。釣り人たちはすぐにそれに応じた。おふくろは彼らに、家にあるものを全て運んでいった。ハンガリー風サラミ、漬け込まれた魚、ハム風サラミ、ぐるりと巻いた馬肉のサラミ。缶詰を開け、ワインの瓶を開け、さらにほかのアルコールを開けた。ぼくも給仕を手伝ったが、おやじは見当たらなかった。岩の上のぼくらの休暇小屋は、すぐに小屋ではなくなり、大波に揺られる蒸気船となった。揺り上げられ、揺り動かされ、歌声が響いた：

父ちゃんが飲んでる、母ちゃんが飲んでる、
ほら、もう牝牛が盛ってる。
父ちゃんが飲んでる、子供たちが飲んでる、
ほら、もう仔牛ができている。

彼らがさらにおそらく一時間ほども食べては陽気に飲み続けていたとき、おふくろは、良い頃合いになったと判断した。連中はもうすっかり出来上がっていたが、まだ吐くほどではなかった。今がまさに、ヨーロッパオオナマズの大きさと重さとを評価できる、そのときだ。おふくろは万全を期する

ため、釣り人たちに一目置かれているドゥシェクと外に出て、彼に何かをささやいた。ドゥシェクは言った。

「奥さま、このわたくしにお任せください」

蒼ざめた顔のおやじが、どこからともなく、重い足取りでやってきた。遠征隊は、白樺の下の泉に着いた。ドゥシェクはすべり落ちてしまわないようにブリキ板の覆いにしがみつき、長いあいだ泉の中をのぞきこんでいた。しばらくして、言った。

「水の中では小さく見えることを考慮に入れるとだ、あのナマズは優に二十キロはあるな」

他の釣り師たちも水の中をのぞきこんだ。彼の言葉にあえて疑いを差し挟む者は、いまや誰もいなかった。彼らにはそこに沈んでいるナマズが全く見えなかったか、もしくは、それを見たいとも思いやしなかった。ちびのペトルだけが全てをいくぶん台無しにした。なぜなら、彼は酔うと、思ったことを正直に言う癖があったからだ。ペトルは泉の中をのぞいて、声を張り上げ始めた。

「なんだよ、ありゃあ小さいじゃないか！　あいつにキスしてやるぜ！」

そして股引き一枚になると、羽根布団にもぐりこむように泉へ入り、ナマズに向かっていく。釣り人たちは彼を泉から引きずり出した。彼らは全員歌いながらハルトマンの居酒屋へと引き上げていき、おやじだけが家で汚れた食器やコップを洗う手伝いをしていた。他の時には決してやりはしないことだ。おふくろはおやじに何一つ言わなかった。そんな必要は全くないとわかっていたのだから。ほどなくして、スコホヴィツェで、おやじのあのナマズは五十キロあったという噂が広まった。それはおそらく、うちの泉の中でより大きく育った結果だったろう。

今回の顚末はぼくにただ一つだけ利益をもたらした。少なくともプンプルデントリフという語の意味を少しなりとも理解したのだから。それは極上であるが、同時に糞みたいなものなのだ。

ジェフリチカ

ぼくら兄弟も少しばかり年老いた。髪は抜け始め、白いものが混じり始めた。水草の中で、大きな黒いパイクを追い立てたあのころは、遠くなった。兄貴たちは、若いころにさんざん道楽をしたあと、当たり前のように結婚し、こちらも当たり前のように魚のもとへと戻っていった。あたかも、こんな中国のことわざのように‥

一時間幸せでいたければ、酒を飲め。
三日間幸せでいたければ、結婚しろ。
生涯幸せでいたければ、釣りをやれ。

兄貴たちが魚を求めるさまは烈々たるものだった。ぼくにはわかっていた。彼らの子供時代は、フアシストに引き裂かれていたのだから。

兄貴のフゴとイルカが釣竿を手放し、死の行進に加わったとき、彼らはまだ少年だった。フゴは釣り上げる準備をしていた大きな銀色の魚の代わりに、こんな標識を見た：テレジーン。* イルカは大きな黒いパイクの代わりに、これを目にした：アウシュヴィッツ。

＊ ウースチー州リトムニェジツェ郡にある町。ナチス・ドイツの強制収容所があった。

戦争が過去のものとなった今、兄貴たちは、もう一度何らかの形で魚釣りを始めたがった。少年時代に戻って、数多の犠牲者のためにアドルフ・ヒトラーがナチス親衛隊の男たちと掘った、あの深い穴を埋めたがっていた。兄貴たちは、パンツ一枚になり、「永遠の子供の村」と書かれた半そでのシャツを着たがっていた。

ぼくらは会議をした。毎年、一週間のキャンプをしに、このうえなく美しい河川のほとりへとみんなで出かけることで話がまとまった。自分たちの妻も、自分たちのでない女も連れずに行こう。食べ物をどっさりと、ビールをたっぷりと持って行き、誰が一番うまい料理を作るか、誰が一番多く魚を釣るかを競おう。

ぼくらがそれを妻に告げると、彼女たちは顔をしかめた。そして、わたしたちもどこかに行くと言い張ったものの、行くあてがなかった。彼女たちは魚を釣らないのだから。とうとう、あんたの面倒を見なくていいなんてせいせいするわ、と言い放った。それから、大々的に洗濯と掃除を始めた――大掃除だ。なぜならば、女たちときたら、おそらく、大掃除が何よりもお好きなのに違いないのだから。男たちにとって、それらは全くつまらないものときているので、ことさらそうなのだろう。男というのは、狩りと戦いのために創造されているのだ。

長兄のフゴ――またの名をブファーク――は、ぼくらの中で最も金にうるさかった。いつだって彼のところが一番貧乏だったからだ。そして、いつだって彼が一番に釣りの道具へと金をつぎ込んでいた。フゴはアメリカ製の竿、ノリス・シェイクスピアを持っていて、それを眺めに箪笥へと通っていたし、あのきらびやかないくつものスピナーはカーテンに吊り下げられていて、年がら年中、家にクリスマスツリーを飾っているようなものだった。

イルカは魚にご執心だった。というのも、彼は魚を食べるのが好きで、彼の奥さんのダナもまた、魚が好物だったからだ。だから、家に魚を持ち帰ると、愚痴を言われずにすんだ。魚はカツレツ風に衣を付けて揚げ、プロシェクおじさんのところのように、風味豊かな漬け汁に次々と漬け込んでいっていた。

第一回目の会議で、ぼくらは食べ物について話し合った。クシヴォクラート一帯を数十キロメートルも歩いてまわり、塩をかけた生卵をすすっては、からからのパンの薄切りをかじっていたのは、遠い昔のことなのだ。今回はご馳走がどっさりと準備された。ぼくらは、山の中でも一番の山、ナンガー・パルバット山へ登頂予定になっているかのようなリストを作り上げた。

フゴはその当時クラドノに住んでいて、ぼくらに準備に関して情報を発信してくれた。ぼくらは幼少期を過ごした地方を訪れてみたかった。そこへ戻って、幼い少年になりたかった。

土曜日にぼくらはフゴのところへと向かって、二台のタクシーでプラハを発った。一台では全ての荷物が収まりきらなかったのだ。クラドノで運転手が荷物を降ろした：釣り竿、テント、びく、ガチヨウ、二羽のアヒル、キャベツの酢漬け入りの小鍋、ジャガイモ、寝袋、釜、ハムとラード、馬肉のサラミ、ぐるりと巻いたサラミ、野菜、小麦粉、油に他の料理用の材料、調味料、スパイス、そして自分たち。そこからはフゴの車で、さらに進んでいくことになっていた。それはタトラ57で、〝ハヂムルシュカ〟＊と呼びならされている初期型の一つだった。フゴはその車に愛着を持っており、何年も大切にしていた。その巨大な荷物の山を目にして、フゴはうめいた。荷物の再整理には午前中いっぱいかかった。出発してすぐに、ぼくの頭の上にワイヤー製のびくが落ちてきた。フゴはハンドルを握りながらときどき怒鳴った。

＊　すばしっこい蛇ちゃんの意味。

「お前らなんぞ弟じゃないぞ。馬鹿やろうだ！　俺の車にどれだけ詰め込んでくれるんだ！」

ジェフリチカ＊は丘に差し掛かったときだけうなりをあげたが、フゴはずっとうなりっぱなしだった。

＊　アイロンの意味。ボンネットの形状が似ていることから付けられた、チェコの自動車メーカー、タトラ社製のタトラ57の愛称。

三時間ほどかかって、レストラン『偵察兵』に到着した。フラニュコヴァー婦人は積み荷を見て、ぼくらが彼女のところで部屋を借りて、そこにずっと逗留するのだろうと判断した。ところが、そこでは魚が食いつかなかった。ぼくらはさらに人里から離れようと決めた。だが、ビールが足りない。イルカは最低でも大箱三つは必要だと見積もり、フゴは二箱だといい、ぼくは二人が口論している間に、生ビールを二本空けてしまった。最終的にイルカがザリガニ印のラコヴニーク・ビールの大箱を四つ、押し付けてきた。大箱は車の屋根に載せ、テレビのケーブルで括りつけた。

ジェフリチカはなおも第一次世界大戦時の戦車よろしく進んでいった。想像を絶する自動車で、今すぐにでも、最も遅い車両コンテストに参加することができただろう。ぼくらはスクリエ村の橋を渡り、スクリエ村を通過して丘を登って行った。

突然、ジェフリチカの中で、ギギー、ガガガと音がひびき、フゴが悲鳴をあげた。ぼくらはものすごい勢いでクシヴォクラートへ向かって後戻っている。まずい、このままでは、愛しいベロウンカ川に落っこちてしまう。フゴはわめいた。

「おい、おまえら、俺の大切な可愛い車を壊しやがったな。ぶち殺してやる！」

そんなことを言う必要はなかった。ぼくら全員がお陀仏になるのは、明らかだったのだから。テレビのケーブルは外れ、ザリガニ印の瓶は、これまたクシヴォクラートへ帰ろうと転がっていた。キャベツはぼくの頭上に撒き散らされ、ぼくは囲いの中で飼われているガチョウになった気分がした。

幸いにも、ぼくらのジェフリチカは、道路わきの境界杭に衝突して止まった。

よぼよぼの牝牛を五十コルナで借り受け、スクリエ村のルフにある野営地まで車をひかせていった。そこはとても美しいところだった。

イルカはすぐに魚釣りを始めた。ぼくとフゴはビールをちびりちびりとやり、あるべき心境に落ち着いた。フゴはイルカがビールの大箱を四箱持ってきたことを、褒めても褒めつくせなかった。たとえジェフリチカがその箱の落下のせいでお釈迦になったとしてもだ。

真夜中近く、イルカが叫んだ。

「ウナギだ！」

フゴはびっくり仰天して、もう少々酔っていたこともあり、水の中に落ちこんだ。そこは水が膝下までしかなく、彼は立っていたのにも拘らず、溺れる、と金切り声を上げた。ぼくらが引っ張り上げてやると、フゴは、子供のためにその父親を救ってくれた、とぼくらに感謝した。ぼくらはイルカにそのウナギを油で揚げようぜと迫った。それ以降、イルカはもう何も釣り上げられず、あのウナギは、家での居心地改善のために、妻のダナへのお土産にしたかったのに、とこぼした。

ぼくらはその男たちの遠足の、そして兄弟どうしの休暇でもある一週間のうちに、この世の全てのことを忘れてしまった。魚を釣り、何はさておき、うまい物を食べ、体を洗うなんてことは全くしなかった。兄弟たるものかくあるべしと、仲睦まじく振る舞ってきた一週間は、こうして過ぎ去った。

料理競争では、イルカが栄光を勝ち取った。最も素晴らしい料理として、彼の〝鯉のユダヤ風〟という料理が選ばれた。そのレシピについて、イルカはがんとして口を開こうとはしなかった。しかし、寝言でぶつぶつとつぶやいた：鯉の切り身に小麦粉をまぶせ。油をひいたフライパンに、玉ねぎ、魚のスープ、白ワイン、ニンニク、刻んだパセリと一緒に鯉を入れて、蒸し焼きにしろ。出来上がったら、その煮汁も注ぎ、アンチョビとエシャロットのピクルスと蒸し焼きにした白いマッシュルームを添えろ。むにゃむにゃ！

魚種の無制限一本勝負で、魚を一番多く釣ったのは、フゴだった。

ぼくとイルカは汽車に乗らねばならない。フゴは、誰かがまだジェフリチカを盗むかもしれないから、置き去りにはできないと決断を下した。ぼくらは彼に、荷物を全て送るのに発生した費用は、いくらかかろうとも、かかった分だけ、三人で割ろうと約束した。しかし、約束にもかかわらず、ぼくらは何も送らなかった。フゴはそこでの生活を満喫し、長い間留まった。

しばらくののち、フゴは、車の壊れた部品名と頭にきたことの全てを書き連ねて、工場に送った。

手紙には多くの品目が並び、ジェフリチカのような車種用には手に入らないものもあった。どこでそんな時代遅れの車のパーツなど、手に入れられようか！

工場、奥さんのエラ、労働組合の『革命的労働運動』の誰もが、早く帰ってきて働け、と再三にわたってフゴに手紙をよこした。彼はその手紙を読まず、ラムやビールの空き瓶に入れては、川の下流に流した。瓶は行き先のない郵便物のように、美しい地方を通過してティージョフ、ブラーノフのルフ、そしてクシヴォクラートまで流れていった。彼は何も求める必要はなかった。食べ物は、ぼくらがたっぷりと、まるで楽園にいるかのように残していたのだから。ただ紅茶に注ぐラムと自分に注ぐビールだけを買っていた。テントのそばで直に釣り竿を使えば、ルアーはパイクでいっぱいの大きな淵へとむかって飛ぶ。パイクが浮きを沈めれば、彼が魚を岸辺へと引き上げる。食べつくしてしまうと、お次を釣る。彼の世界は、現実に存在することをやめた。兄貴は、そこで、立派なやつらをおよそ二十尾も釣り上げた。そして、さぞかし、その山をさらに大きくしていきたかったことだろう！

そこには、毎日、郵便配達の若い女性が巡回してきて、フゴは彼女と世間話をしていた。おしゃべりに興じ、たわいないことを語り、それは面白くて素敵なことだった。天気について、植物について、ティージョフの城について、ヤマドリタケや三葉虫について話を交わす。ある日、とうとう、丘の上にレッカー用の大きなトラックが現れた。フゴはそのトラックに見覚えがあった。彼の工場のものだ。運転手の横には彼の奥さんのエラが坐っていた。これまた利口者の〝ハヂムルシュカ〟だ。彼らはジェフリチカを積み込み、テントやびくも積み込んだ。そして、著名な地質学者であり古生物学者である、フランス人のヨアヒム・バランデが、ぼくの兄貴のフゴが見つける百年以上も前に、すでにここで発見していた太古の三葉虫をも積み込んでいった。

来いよ、入れ食いだぞ！

兄貴のフゴがぼくに電話をかけてきた：「来いよ、入れ食いだぞ！」雨が降っていたにもかかわらず、そこには魚なんてほとんどいないと知っていたにもかかわらず、ズベチノ村[*]のベロウンカ川へ兄貴を訪ねようと、ぼくは妻を説き伏せた。妻や、風や、雨を押してまで主張する、ぼくの一番のよりどころは、なんであれ、最終的に大漁ならば、夕食に新鮮な魚が食べられるということだ。

＊　中央ボヘミア州ラコヴニーク郡にある村のひとつ。

「鯉かな、パイクかもしれない。もしかすると、パイクパーチかもしれないぞ！」

それはうっとりする言葉だった。ヴィノフラディ[*1]からベロウンカ川へは、かなりの距離があるうえに、ぼくらの車、エンベーチコ[*2]は道に迷ってしまった。うちでは日常茶飯の出来事だけれど。ぼくらはさらに道路の側溝に落ち込み、ラーニ[*3]の裏手にある、ミシー・ディーラの谷でも事故を起こした。そこは霧が立ち込め、雨が降り、まるでグロースグロックナー山[*4]の頂から下っているかのようだった。

＊1　プラハ2区にある地域名。

＊2　チェコの自動車メーカー、シュコダ社製の一〇〇〇MBの愛称。

*3　中央ボヘミア州クラドノ郡にある村のひとつ。
*4　オーストリアの最高峰。標高三七九八メートル。

さんざん探しまわって、ようやく、小屋を見つけた。案の定、兄貴はそこにはいなかった。ぼくを置いて、魚を次から次へと釣り上げているのだろう。

兄貴を探し当てたとき、一尾かかったところだな、と思った。兄貴は小さな腰かけに坐り、色付きのきらきらした仕掛けを釣り竿に付けて、ぶっこみ釣りで釣っていた。鯉なんてものじゃないぞ、ジーゼクじゃないか。ジーゼク！　あの、金魚鉢に入れておく、ちっぽけなお魚ちゃん。食べられやしない、酢漬けにもできない、オイル漬けにだってできやしないし、揚げて〝ジーゼク〟*になんて、もう絶対にできっこないのだ。

*　「スマジェニー・ジーゼク」の略。薄くのした肉や魚のフライの意味。

何とまあ、素敵な釣りではないか。このために、兄貴はぼくをここへ引っ張り出したのか、このために、ぼくは、すんでのところで、妻と息子のヤン、ペトル、イルカとともに、ラーニの裏手で、霧と雨の中、この世とおさらばしそうになったのか。ぼくは押し黙ったまま、恐ろしいほどの怒りを感じていた。

兄貴のそばには、野良犬らしき犬が坐っている。おそらく、キャンともワンとも鳴けず、まさに兄貴そっくりに、へらへらしているだけの雑種だ。小魚がルアーに食いついて竿を震わせると、犬は尾を震わせる。その与太者は、小魚が糸を震わせていることを理解しているのだ。ぼくはこれまでそんな犬を見たことがなかった。猫ならば知っているが、犬は知らない。兄貴は川から小魚を釣り上げると、十回に一度、それを犬に投げてやる。犬は大喜びして、それをもう一度空中に放り投げると、生の魚をむさぼり食う。まるでサーカスのようだ！　上出来のペアだよ。ぼくは相変わらず兄貴に恐ろしいほどの怒りを抱いたままだったが、兄貴はそんなぼくに全く気付かず、こうつぶやきさえした。

「入れ食いだよ、すばらしく釣れるなあ！」

魚を釣り上げるたびに笑い、陽気で、幸せそうだった。犬も幸せそうだった。

ずっと彼らを見ていると、不意にわかってきた。兄貴は満足しているのだ。変わりなく魚を釣っていられることに。水辺にいてそのそばを川がめぐり、川向こうには森が広がり、そこでは雉がまた喜びに叫び、湿った土の中からミミズを掘り出して食べている、そういったことに。

ぼくは空いている腰かけに坐り、頬を緩めると、兄貴に向かって呼びかけた。

「まいったなあ！　こういうことだったのかよ！」

そして、彼に語りかけた。

「竿をかしてくれよ！」

ぼくは彼の隣に坐り、釣りを始める。ジーゼク釣りを。食べられやしない、酢漬けにもできない、オイル漬けにだってできやしないし、揚げて〝ジーゼク〟になんて、もう絶対にできやしない。息子のヤン、ペトル、イルカもぼくの隣に坐り、ジーゼクを釣る。大きな魚ではないということは、ぼくらにとって、なんだかもう、どうでも良くなっている。それを気にかけているのはただ一人、ぼくの妻だけだろう。彼女はフランス風に料理された魚が好きなのだ。パイクの奉書焼き、もしくは、鯉と

ジーゼク

燻し豚脂の和えもの。小屋のベランダからこちらに向かって、ちらちらと視線を投げかけ、期待をこめて熱心に白いハンカチを振っている。けれど、今夜、魚が食べられるというのは、とんでもない間違いだった。そもそも、ぼくを夫にして以来、彼女はもう幾度となく、この手の失敗を繰り返してきている。

ぼくらは椅子に坐り、ジーゼクを釣り、声を立てて笑い、憩いと文化の公園*にいるときよりも、おしゃべりに興じた。小魚がかかると、この世を謳歌しろよと再び川に放してやる。大きな魚のときには、水中の世界をたっぷり泳ぎつくしただろうからと、本名をツァルダという野良犬を喜ばせるために、投げてやる。ツァルダも笑う。

＊　プラハのブベネチにあった「文化と憩いのためのユリウス・フチーク公園」。

もしも今ここへ誰かが来たなら、おまえたちはいかれている、と言うかもしれない。それはまったくのところ、間違ってはいないのかもしれない。

釣り竿泥棒

オフジェ川*で奇妙な事件に出くわした。

＊　ドイツのバイエルン州から流入し北ボヘミアを流れてエルベ川に合流する河川。エーゲル川。

ぼくらは、ポドボジャニ町*のヴァルダ・フロイントとプラハ出身の船員であるプーホニーと一緒に釣りをした。その船員のプーホニーは、それ以前に、我が国の外航船で大阪や東京のどこかに航行したことがあり、日本製の美しい釣り竿を数本持ち運んできていた。彼はその竿がことのほか気にいっていたので、それで魚を釣ることはほとんどなく、もっぱらテントのそばに立てておき、そこへ誰かがやってくるたびに、竿を披露していた。それらは実際に見事な竿で、穂先は交換式になっており、朱の段巻きが施され、日本の海のどこかから上りくる太陽の光の筋のように華奢だった。

＊　ウースチー州ロウニ郡にある町のひとつ。

ぼくはずっと彼のテントのそばに坐りこみ、彼と一緒に旅をした。彼は自分の旅について面白おかしく語り、ぼくは耳を傾けながら釣り竿を眺めた。それはまさに、おしゃべりをしながら同時に音楽を聴くようなものだ。夜にはその釣り竿を夢に見ることさえあった。ぼくは澄んだ青い川で、それらを使って、大きな銀の魚を釣っていた。

ある夜、そのような夢を見ると、ぼくは目を覚まし、テントの中で起き直った。ぼくから数歩離れたところで、川が静かに流れていた。あなたが川のすぐそばにテントを張れるなら、それは何より素敵なことだ。川は晩にあなたを眠らせ、朝には再び目覚めさせる。外を見た。まだ夜は明けず、真っ暗だった。ぼくはテントの中でイルカと寝ていた――フゴは車の中で寝ているのだ――イルカはいびきをかき、おそらく、その日フゴが調理した、極上のグラーシュを夢に見ているのだろう。僕らは週末ごとに、最もおいしい料理に対して、料理部門の〝功労賞〟メダルとともに一等賞を授けており、今回の一等賞はそのグラーシュが獲得する見込みだった。イルカはぼくのように、単なる叙情的な夢を見ているわけではないらしい。

ぼくは川を眺めながら、明日は堰の下のあの大きな鱒を狙いにいくぞ、と思った。ぼくはそこで、ジーゼクを餌に、いつでも一尾か二尾を釣り上げてきており、素晴らしい釣りになるのだった。

そのとき、フゴがいるのに気づいた。向こうもこちらに気づいたようだった。彼は川のほとりで腕を洗い始めた。ぼくは半ば眠った状態だったので、とりわけ奇妙だとは思わなかった。しかし、目がしだいに覚めてくると、いぶかしく思えてきた：こんな夜中に何をやっているんだ？　ぼくはテントから這い出て、ゆっくりと川のほうへ、そしてフゴのほうへと歩いていった。彼から三メートルばかりのところまでくると、声をかけた。

「フゴ、ここで何をしているんだ？」

彼は何かこんなことをもごもごと言った。

「いや、別に……」

そして、うす気味の悪い笑い声を上げると、身を翻し、同時にアヒルが浅瀬から飛び立とうとするときのように、両腕をはためかせた。その瞬間、ぼくは恐怖に襲われた。数年前の星占いを思い出したのだ。うちの家族の誰かが、いずれ発狂するだろう、その占いは、そう予言していた。だから、フゴが狂ってしまったという考えが、ぼくに襲いかかったのだ。彼は声を上げて笑い、その川の中をさらに歩いて深みへと向かって行った。ぼくはテントへ飛び込み、イルカを揺さぶった。

「イルカ！　フゴがおかしくなった。早く！　溺れちまう！」

イルカは飛びおきた。裸で寝ていたのだが、一緒に川のほとりへと駆け込んだ。イルカはフゴから三メートルほどのところまで来ると、ぼくのほうを振り返り、きっぱりと、とがめるように言い渡した。

「おい、あいつはフゴじゃないぞ！」

その瞬間、あなたの頭の中では無数の事柄が飛び交うだろう。ぼくの頭には、最初に、やつは泥棒か殺人者ではないか、とひらめいた。イルカはぼくよりもそいつに近いところにいたが、それが良かった。なぜなら、イルカはおやじ同様、決して誰も何も恐れはしなかったからだ。イルカを傷めつけたり、イルカが正しいと信じていることを馬鹿にした、彼よりはるかに大きな男たちを、地面に倒れこませ、こぶしで殴りつけるのをぼくは見てきた。だから、彼が泥棒の一番近くにいてよかった。ぼくはおびえていた。イルカはその男の方へと進み、がっしりした、フゴに似たその男は、待ちかまえていた。ぼくは、彼が腕を水の下に入れていることに気づいた。さらに怖くなってきて、小声で言った。

「手に斧を持っているかも！」

その言葉にイルカは足を止めた。彼らはその川の中で、長い間、相対していた。イルカは前進しなかったが、おそらく二人のうちのどちらも、意気地のない真似はしたくないと思っていたのだろう。そのあと、男は二、三歩後ずさり、再び奇妙な笑い声をあげると、川の向こうへと泳いでいった。対岸で、灌木の茂みの中に消えたようだった。

イルカは不機嫌に言った。

「畜生、もうどうしようもないな！」

ぼくらは釣り人たちを起こしに行った。あの、日本製の釣り竿が立てかけてあった場所が、空っぽになっていた。

あくる日は、何者かによってこの釣りが汚されたかのような、悲しい一日となった。ぼくらは魚を釣らず、料理をせず、残り物を食べた。さらにその翌朝、フロインドヴァー婦人*が、テントからそう離れていないところで、あの釣り竿がすべて木に立てかけられているのを見つけた。彼女はぼくらを呼び、ぼくらはまるで神の奇跡が行われ、竿が天から降ってきたかのように、それらを見つめた。竿を眺めていると、前よりぴかぴかになっているような気がした。まるで、前述の男が心を改めたか、あるいは今までの一昼夜の間に、彼にまた別の変化が起きたことによって、釣り竿が浄化されたかのようだった。もっと近づいてそれを検分すると、竿には露が降りていた。それは人の涙にそっくりだった。

＊　フロイント家の女性の苗字はフロインドヴァーとなる。

これは、高潔なる泥棒とぼくの勇敢なる兄についての作り話ではない。現実におこった話なのだ。プーホニー氏に尋ねてみてもよい、大阪や東京あたりの遠いところへ、航海に出かけている最中でなければ。それに、その日本製の釣り竿のうちの一本は、ぼくのところへ見に来ることができる。プーホニー氏が記念品としてぼくにくれたのだ。

ぼくはそれで魚を釣りもするが、それよりも多くの時間、それを眺め、アメリカ人のフランク・シナトラの「I love Paris」の歌をグラモフォンで聞きながら、人々について思いを巡らせる。夜には、日本製の釣り竿を使って、青い川で再び銀色の魚を釣っている夢を見る。その相棒はあの〝泥棒〟だ。彼の正体を知りたいけれど、それはもう決して叶うことはないだろう。彼に、実際のところ、なぜあの釣り竿をあの時に返しに来たのかを聞いてみたいものだ。ぼくは喜んで彼に自分の竿を貸してやるし、あるいは、それを差し上げることだって辞さないだろう。一度きちんと魚釣りができるように。たった一晩だけではなく……

そののち、ぼくはもう長い間、このように兄たちと魚釣りに行くことはなかった。星占いが現実のものとなったのだ。気が狂ったのはぼくで、五年の時を精神病の医療機関で過ごした。

魚はそこにはいない。

そこにはただ、王様たち、皇帝たち、ナポレオンたち、キリストたち、アフロディテたち、リブシエ*たち、オルレアンの乙女たちだけがいる。

＊　チェコの古代伝説に登場する女王。聡明で予知能力を持ちプラハの繁栄を予言した。

ぼくらが魚釣りで死んだお話

男たちの遠足からずっと後になって、ぼくらは南ボヘミアへと向かった。そこには、あなたたちもご存知のように、大きな青い空があり、湿りけを帯びた空気に満ちている。ぼくは何年もそこには行っておらず、ひどく病んでいたときに、ルジュニツェ川と南ボヘミアを夢に見ただけだった。そのとき、ぼくにとって、ルジュニツェ川と南ボヘミアは、例えばホノルルのように、遥かなあなたの到達しがたいところのように思えた。同時に、ホノルルには、南ボヘミアほど恋焦がれることは決してなかった。なぜならば、ぼくは南ボヘミアでは常に無上の喜びを感じ、チェコの海のほとりにいるように思え、その海のすぐそこに空があったからだ。

全員が生涯で最も大きな魚を釣らねばならぬ、三人が三人とも、きっぱりと言った。

ぼくはそれに加えて、生きているうちにもう一度、プシービェニツェを取り巻くようにめぐっている、ターボルのルジュニツェ川を目にしたいと切に願っていた。目を閉じれば、そこには、最も勇敢なボヘミア人であるフス派*の人々が駆け回っているのが見えるだろう。彼らは殴り合いになると、どんな相手であろうと、対等に渡りあって勝利を勝ち取るか、あるいはあっさりと叩きのめしたりする。

ぼくはずっと頭の中に、ある水車のイメージを持ち続けてもいた。かつて、そこでも、堪えられない極上の気分を味わい、魚だってたくさん釣れたのだ。ムリーノメルというような名前だった。草原には、当時、プラハで路面電車の運転手をしていたコタリーク氏の小さな小屋があった。ぼくがのっぽのホンザと一緒にそこに小舟で行ったころ、彼は白い雌山羊を飼っていて、ぼくらは彼に見つからないように、その乳を搾った。

＊　宗教改革者のヤン・フスがボヘミアで始めたカトリックの改革派。十五世紀にフス派の急進勢力が軍事拠点としてターボルを興した。

兄たちとワゴン車でそこへ出かけるとき、ぼくはそういった美しい思い出をよみがえらせては楽しんだ。

ぼくらはこの地方に詳しいゼマン氏のところへと行った。なにがしかの建物でゼマン氏を乗せ、とある水車へと行った。ぼくが死にかけていたときにしばしば思いふけっていた、あの水車だ。そこにはムリーノメルなんて馬鹿げた名前[*1]は書かれておらず、スホメルという名前だった。つまり、水が流れていなくたって、粉を挽くのだろう。[*2]兄たちは、もうあと少しで着くのだから先へ行こう、と呼びかけるが、ぼくは地面から足を引き剥がすことができない。足は特別な糊でそこにぴたりとくっついている。ぼくはあの自分のホノルル、もう決して見ることはないと思っていた光景を眼にして、涙を流したくなった。

＊1　ムリーノメルは〝ムリーン〟（「粉挽き小屋・水車」の意味）と〝メル〟（「粉を挽く」の意味）のふたつの同義語が重複している。

＊2　〝スホ〟は「乾燥した」〝メル〟は「粉を挽く」の意味。

朝、ぼくらはあの釣り人たちの楽園へと釣りに行った。許可証だって、今回は持っている。しかし許可証には魚は食いつかない。魚はイモムシかジーゼクに食いつくのだ。ジーゼクを一尾、水の中に放り込んでみたが、何も食いつかなかった。あいつはプラハや、ひょっとすると、北海まで泳いで行ってしまうかもしれない。

そこで、ぼくは岸辺に坐り、路面電車の運転手のコタリーク氏がチョッキにズボン吊りといった姿で、魚を求めて対岸をあちこちと歩き回っているのを眺めていた。肩には四手網を担いでいた。小さな声で、そよ風が吹くように文句を言っている。いつだって何も捕まらず、彼は自分の老妻にこういうためだけに歩き回っていた。

「やっぱり捕れんよ」

ドジョウすら、もはや捕まえられない。彼の手は震えていた。良い釣り師だったのに。雌山羊は死んでしまい、ひまわりだけが小さな家の周りに残った。もしも彼が金の魚を釣ったなら、三つの願い、新しい舟と、新しい家と、新しい山羊とを願うことができただろうに！　しかし、それは単なるおとぎ話で、ルジュニツェ川では、どんな腕の良い釣り人であろうと、金の魚を釣ることはなかった。

太陽はぼんやりと寂しげに輝き、秋の空のようだ。対岸の小さな家のそばで、白いブラジャー姿の若くて美しい女が洗濯物を洗っていた。ぼくは暖まった石の上に体を伸ばし、こんな想像がぼくを興奮させた。

浅瀬を渡って、ずぶぬれで彼女のところへと行く。ブラジャーを剥ぎ取り、こう言うのだ。今、洗濯するなんて馬鹿じゃないのかい、こんな天気の日に、そしてこのぼくがスホメルへ来ているこの日に。

しかしそんなことはしなかった。ぼくにはそんなことをする勇気も容姿もない。彼女はぼくに数発の平手打ちをお見舞いしてくれることだろう。しかも寒くなり始めていた。魚は全くかからない。洗濯していた女は姿を消した。コタリーク氏は再び、魚が捕れないと老妻に告げに行った。

ぼくはまどろみ、そして水車小屋の窓を見た。窓は暗く、全ての窓が一つずつの目に見える。ぞっとして、そして、なぜなのかを悟る。

水車は問う：

ここにいた魚たちは、どこへ行った？

美しい堰を誰が取り払った？

そんな休暇小屋を建てるのを誰が許した？


ぼくは口をつぐんでいた。魚がいなくなったことについては、ぼくにも責任がある。ぼくは窓を見た。そしてこう聞いたような気がした。

「悪魔にさらわれてしまえ！」

ひとつひとつの窓に悪魔がいるかもしれない。それぞれの窓からぼくに向かって、炎の舌をつきだしているかもしれない。ぼくはずっとぼくを待ち続けている車へと急ぎ、まだ現役の水車を探しに、さらにもっと進んでいった。ネジャールカ川[*]でおあつらえむきの水車を発見した。水車小屋のあるじは、ぼくらに部屋を一つ貸してくれた。暖炉もベッドもない部屋だが、そこで一週間、えもいわれぬ幸せな時をすごせることだろう。

＊　南ボヘミア州のヤロスラフ・ナド・ネジャールコウからヴェセリー・ナド・ルジュニツィーまでの五六キロを流れるルジュニツェ川の支流。

ぼくらは川に突進していく。ここにはおそらく魚がどっさりいる。

川は中庭の付近を通って流れ、ここでは羊と牛の乳がたっぷりと、乳房からしぼりたての状態で供されている。水は深く神秘的で、水中からは泡が立ち上っている。ぼくらの魚釣り競技の勝利者であるフゴは、いつものように、そこには小さな子豚のように丸々と太った鯉がいるぞ、と主張した。堰に腰掛けると、木の葉が舞い落ち、水を切り裂いている釣り糸をよけて流れていく。兄貴たちは〝シャベル〟と呼びならされているヘラブナをたびたび針に掛け、それらを水から光の中へと引き上げた。それは銀色に輝き、まるで鋳溶かされているかのようだった。ヘラブナが水から引き上げられるときには、たいていは戦いというほどのものにもならなかったが、その釣りは美しい。なぜなら、ヘラブナは、貴婦人が舞踏会に出かける時にまとう、おしゃれなドレスのように優美だからだ。暴れることはなく、騒ぎを起こしたり、静寂をかき乱したりすることを望んでいなかった。

翌日、ぼくは、兄貴たちやメンドリたちと水車小屋の中庭に坐っているのがもうつまらなくなり、ハムル村*にパイクを釣りに出かける。そこには大きな堰があって、その堰の下には淵があり、パイクがいるという話だ。しかし、そこはとても遠い。イルカはぼくに煙草を買って来いよと命じた。

* 南ボヘミア州インドジフーフ・フラデツ郡にある村。

川をさかのぼる。川の中には、銀と金の葉があった。一人っきりで歩いていて、ふいにぼくは気づく。ここでは、ぼくを避けさせようと、車がププーとクラクションを鳴らすこともなく、ぼくを退かせようと、路面電車がガタガタと走ってくることもない。それが、ぼくがパイクを釣りに歩いて行っている、まさに一番の理由なのだ。

ぼくはヘラブナを釣る兄たちを見ず、他の誰をも見ず、ただ雉を、そして森にはノロジカを、空には鳥が静かに飛んでいるのを眺めた。川の中の、鱒が横たわっていそうなところや、パイクが待ち構えていそうなところを見定める。しかし、一度も仕掛けを投げることはしない。ぼくは何時間も歩く。

ハムル村に到着する頃には、疲れて、足取りもおぼつかなくなっている。宿屋を兼ねた飲食店は閉まっており、兄貴の煙草は手に入らないし、ぼくののどの渇きは癒されない。そこで、ぼくはあの淵に向かってさらに歩く。そこへは、あと二キロメートルは優にあり、そこにたどり着くころには、息も絶え絶えだになることだろうと思われた。

淵のそばに腰を下ろすが、疲れきっており、竿を立てる力もない。ぼくは休息すると、帰途についた。よく知られているように、帰り道というのは、はるかにいっそう遠い道のりとなる。

道の傍に美しい祠が立っていた。その中には陶製の聖母マリアが鎮座ましまし、その下には泉がある。一人の農夫が、これはこの地方で最もおいしい水なのだと言った。しかし、大嘘つきがこの水を手に汲むと、手が抜け落ちてしまうということだ。ぼくはしょっちゅう嘘をつくが、手がなくなってしまうのは嫌だった。念のために、左手で、必要最小限だけを汲んでみる。手が震えている。何も起こらなかった。どうやらぼくはまだそれほどの大嘘つきではないらしい。次から次へと口に水を流し込み、水はセーターとシャツとを伝って流れ落ちる。目がくらむほどに素晴らしい、この地方で最高においしい水だ。立て続けに十杯の水を飲み、陶製の乙女に、ぼくの手をそのままにしてくださったことに対して、せめてもの黙礼をし、帰途に戻る。水夫と釣り人の歌を陽気に歌い、晩になってから水車小屋に帰りついた。

兄貴たちは惚け者のように水車の水辺に坐り続けている。ヘラブナで袋をいっぱいにし、わかっているくせにぼくにこう尋ねる。

「何を釣った?」

「何も。パイクはかからなかった」

そら、また嘘だ。ぼくは何も釣ろうとしなかったことを言いはしない。晩にぼくは、何て特別な、何て美しい一日なのだろうと思いめぐらせる。

もう家に戻る日となった。

水車小屋の上の木立の中でキノコを狩り、アンズタケを集めている時に、ぼくは悲鳴を耳にする。水車小屋へと走り、駆けつけた時には、もう決着はついていた。水車小屋の水辺に、小さな豚のような、巨大な鯉が横たわっている。泡は見かけ倒しではなかったのだ。釣り上げたのはイルカだった。彼は大きな魚を引き上げる時はいつも、助けを求めて叫ぶ。今回は手助けするために、水車小屋のあるじとその息子のエマンとが、舟で彼の元に漕ぎ付けた。彼らは水でびっしょりと濡れて、危うく溺れそうになったし、部屋を空け放ったままだったので、山羊がそこに駆け込んで、豚のための挽き割り麦を食べてしまったものだから、おかみさんが怒り狂い、イルカは鯉の目方を量ろうと水車小屋中を駆け回っている。秤は見つけられず、イルカはみんなにスリヴォヴィツェ*を勧めた。盛り真っただなかの村共用の種付け山羊が、小屋から逃げ出した。

＊ スモモから作られた風味の良い蒸留酒。チェコの代表的な酒のひとつ。

イルカが心底嬉しそうにキスをしてくるので、ぼくらは苦笑するのだが、彼の喜びは伝わってこず、意識のどこか奥底で、あれほどの鯉を釣った彼をぼくらは妬ましく思ってしまう。彼はその元気の良いやつをびくに入れようとするが、そこに収めるためには、ヘラブナを放り出さねばならなかった。

イルカが鯉を生きたままプラハに持って帰りたがっているのは、明らかだった。

何もかも、ぬかりないよう配慮しなくてはならない。鯉をプラハに持っていったら、ありとあらゆる人、つまり仲間たちと、とりわけライバルたちとが、それを見物しに来られるよう、お医者さんのところでやっているように、面会時間を割り振らねばならない。最初は釣り人たちの行列がやって来て、それから釣りをしない人々がやってくるだろう。少なく見積もっても、三日がかりの予定表になりそうだ。ぼくらはその数日間、休暇をとる。フゴは鯉を生きたままプラハに運ぶために、あらかじめ算段しなければならない。道程は百キロメートル以上あるのだ。イルカはフゴに、もしも鯉が死ななければ百コルナだ、と約束した。

翌朝、全ての準備が整った。

水車小屋のあるじ、おかみさん、そしてエマンが並んで立っている。おかみさんは、山羊がうまそうに食べてしまった引き割り麦のことを、もう忘れてしまった。写真を撮るときには、鯉が実際よりも大きく見えるように、鯉をできる限り対物レンズに近づけなくてはならなかったが、うまくいかず、後になってイルカはぼくらを罵った。

もう全てを積み込み終わり、最後に鯉が乗車した。フゴは百コルナが約束されているがゆえに、鯉に特別の処置をほどこす。彼は鯉の口にスリヴォヴィツェを染み込ませた砂糖を押し込んだのだ。鯉は何度も舌鼓を打つ。スリヴォヴィツェは正真正銘のヴィゾヴィツェ産だ。* それは鯉を水無しでもたせるための、最上のやり方なのだそうだ。ぼくらが見ていない隙に、フゴは鯉を赤ん坊のように両腕に抱えると、ラムを瓶から鯉の口に注ぎ込んだ。そして旅に先立ち、このように鯉をあやした。

＊ ズリーン州ズリーン郡にある村。スリヴォヴィツェの名産地のひとつ。

「俺たちのちびっ子ちゃんや」

鯉は濡らしたぼろ布で包まれ、農婦が貸してくれた紐で縛られている。ぼくには、もうそいつは完全にできあがっているように見え、水車小屋の中庭の周りを尾っぽでもってねり歩き、こう歌っているのが一番似合うように思えた。

「俺こそは、ネジャールカ川の鯉さまよ」

今のところ、そんなことをやらかす素振りはなかった。鯉は後部座席のぼくの隣に横たえられる。ぼくは、そいつのようすに注意し、ときどき川の水で湿らせてやるよう、命じられている。全てが微に入り細を穿たれていた。

どこの遮断機にも決して行く手を遮られないよう、汽車の時刻表をもとに時間を計算する。食べたり飲んだりも、車を走らせながらになるだろう。おしっこも、ドライブをしながらキュウリの入っていたブリキ缶の中にするだろう。イルカは運転手だから、プラハに戻るまで、おしっこは我慢だ。

出発進行。

重みのある言葉だ。そして、これは生半可なドライブなどではなく、グランプリレースだ。イルカは口を開かず、前方を凝視し、手にはレーサーの白い革手袋をはめていた。彼の横にはフゴが坐り、一番頑丈な釣り竿の一本に、白いスカーフを結びつけて持ち、開け放った窓から、ときおりそれを振っている。ぼくはときどき鯉に水滴を落としてやるのだが、酒のほうが良いのではないかという気がした。イルカはクラクションを鳴らし、次々に車を追い越し、とりあえずのところ、素晴らしい走りをしている。

外車を追い越そうとした時だった。

ぼくらはトラックに接触し、頑丈な電信柱に衝突すると、ぐしゃぐしゃになってしまった。数十秒のうちに、ぼくらは死んでしまった。

そこに、青い車両がやって来たが、その乗員たちの目に映ったのは、車体と電線と釣り竿とが、混然一体となったものだけだった。それら全ての上に、敗北の白い旗がはためいていた。

そののち、そこにボンベ式溶断機器を持った作業員たちがやってきて、ぼくらを車から引き出そうとした。困難な作業だった。すでに三十分ほどその厄介な仕事を続けていたとき、警部補が後部座席のほうにかがみこみ、嬉しそうに声を上げた。

「こっちへ来い。おれたちの骨折りは無駄じゃなかったぞ。ここで一人、息をしているんだ」

ぐるぐると巻かれていた布を外すと、おちびちゃんを見つけた。それを両腕に抱き取ると、彼は危うく卒倒しそうになった。

「なんだ、こいつ、酔っぱらってるじゃないか。鯉ですら、こんなありさまなら、残りのやつらは推して知るべしだな」

そして、居合わせている溶断工たちに尋ねた。

「誰かこれ、いるか?」

ぐでんぐでんの鯉など、誰も欲しがらなかった。その鯉は彼らにネジャールカ川の流れ込むルジュニツェ川のほとりで起こった、この忌まわしい出来事を思い出させるだろうから。

そこで警部補は、鯉を抱えて川へと運び、水の中に横たえた。鯉はしばしまごついたあと、泳いだ。たらふくきこしめした酔いも覚めやらず、まだふらふらしていたが、そののち生まれ故郷の、あの美しいクルカヴェツ*の水車の方へと、流れをさかのぼり始めた。長い道のりのままに、鯉は陽気に口ずさんだ。

＊ ターボル州のヴェセリー・ナド・ルジュニツィーにある地域名。

「俺こそが、ネジャールカ川の鯉さまよ」

そこへと泳いでたどり着くと、スリヴォヴィツェにラムまでも、飲み口からただで出してくれる素敵な移動酒場にいたことを、ほかの鯉たちに語って聞かせた。

ぼくらが魚釣りで死ななかったお話

しかし、ぼくが前章で書き記した結末は、真実ではない。ぼくが本当に死んでしまっていたなら、この本を書き終えることだってできないのだから。結末は別にあるのだ。あの電信柱には間一髪で衝突しなかった。ぼくらはプラハへと向かって走行し、白い旗を振り、ときどきキュウリのブリキ缶におしっこをした。プラハに入ると、イルカは自分の妻に電話をかけ、浴槽を〝スペシャル〟で洗い上げてから、そこに新しい水をたっぷりとはっておいておくれ、子牛のような鯉をいれるのだから、と頼んだ。

なんとかぎりぎり間に合って、家の前に到着した。鯉はもうお陀仏寸前で、約束の百コルナが気が気でないフゴは、鯉の鰓を開いたり閉じたり、口から口へと息を吹き込んだりと、人工呼吸らしきことをした。そのあと、鯉をぴかぴかに磨き上げられた浴槽へと入れた。鯉はひっくりかえって腹を見せ、死にかけているんだか酔っ払っているんだか、わかったものではなかった。ダナとイルカは、鯉の体がまっすぐになるよう、向きを正して支えていた。鯉が一人で体を支え、少しばかり――と言うのも浴槽はそいつには短すぎたので――泳ぐと、イルカは百コルナ札を取り出し、フゴに手渡した。

イルカは浴槽の上に貼り紙を書いた：

ヘラブナ釣りにおいて
リール付釣り竿で捕獲。
15号の糸。
クリスタルの小針。

真の釣り人だけが、こうやって釣り上げられた鯉の価値を正しく理解できる。そのあと、イルカはトンダ、ヤルダ、ペトルに電話をかけた。本当の親友たちと、本当は友達だなんて思ってもいない友達たちに電話をした。隣人のヤルダ・ミレクが家にいるところに声をかけた。

「ちょっとした鯉を釣ったんだ。見においでよ」

みんなが感嘆の声をもらし、みんながひそかに妬んだ。しかしまだ全員が見たわけではない。プラハ-シャールカ*の人たちがまだ見ていないし、職場の人たちも見ていない。イルカは窓を開け、換気をして水を替えた。鯉に餌を食べさせなければならないじゃないか。イルカはヴィノフラディにこういう小さな看板があったことを覚えていた：

ミジンコハンター募集中！

＊　プラハ6区にあるヂヴォカー・シャールカ地域。

彼はヴィノフラディへと出かけたものの、ミジンコは手に入らなかった。なぜなら、そのときまで、その看板に応じた人は誰一人としていなかったからだ。水車小屋で撮った写真を現像してもらったところ、証拠写真の中の鯉は、実際よりも小さく見えることが確認された。イルカはぼくを罵り、フゴには、自分が今まであれほど大きな鯉を釣ったことがないものだから、わざとあんなふうに写真を撮ったな、というひどい手紙を書いた。

大きな鯉といえば、うちのおやじがブラニークで釣ったことがあるのだが、それにはすっかり異なる裏事情があった。

おやじはプラハで釣りをしていたが、何ひとつ釣り上がらなかった。そこでおふくろに金を渡して、生きている大きな鯉をヴァニュハの店で買ってこさせた。誰も見ていない隙に、それを竿の先に引っ掛け、間抜けなヴルタヴァの人々に、プラハの魚がどんなものかを見せてやったのだ。翌日、川は釣り人たちで埋まった。

イルカの鯉は申し分なく元気だった。まるで小さな羊のような見た目の、イルカの飼い犬のニケーは、鯉と仲良くなった。ニケーは後ろ足で立ち、賢そうな目で、鯉の悠々とした動きを見つめた。けれども、それ以降、イルカの鯉はどんどん弱ってきた。イルカは鯉のために、おそらくやりすぎと思われるほど水を替えてやっていたが、鯉は飲料水になじまず、イルカはそこに少量のラムを注ぎいれてやっていた。

ある日、風呂場にやってきたイルカは、鯉が死んでいるのを見つけた。鰓を動かさないし、口もぱくぱくやっていない。しかし、なんとも興味深いことに、それは生きていたときと同じ姿勢をしていた。ひれを底について体を支え、死してなおイルカを喜ばせようと、二時間もそうして姿勢を保っていた。友情が芽生えていたのだ。イルカはナイフを持ってきて、鯉を食べてしまうために、さらには、魚好きのダナの機嫌を取るために、死んだ鯉に刃を入れた。鯉は切り身になった。イルカは、誰にも、それが死んだ鯉のものだとは言わなかった。その切り身をみんなに送ったが、フゴにだけは送らなかった。あの鯉が写真の中で小ぶりに写っていたことで、イルカは依然として、フゴに恐ろしいほど腹を立てていたのだ。

あの鯉は実際にかなりの大物だったが、日が経つうちに、イルカの目の中で、それはますます大きくなっていった。今日では、もうそれは、この世のいかなるカメラにも、いかなる浴槽にも収められやしないだろう。そいつのためには特別なプールをあつらえねばならないかもしれないし、広角フィルムに収めねばならないかもしれない。

兄貴のイルカがこれを読んだとしたら、ぼくが妬みからこう語っていると言うだろう。ぼくがこれまで、自分の一生の記念となる魚を釣っていないからだ、と。しかしフゴはぼくの味方になってくれるだろう。フゴが釣ろうとしてきた大きな鯉は、今のところ、全て仕掛けをばらしてきているのだから。

メイド・イン・イタリーの靴

ぼくはエミルが大好きで、ウナギ釣りに連れて行ってやると、長らく約束し続けていた。誰かをウナギ釣りに連れて行くというのは、次々と繰り広げられる神秘的な体験への招待だ。夜の漁、ぼくらがほとんど知らない謎めいた猛魚、エミルとその奥さんに捧げられる極上の肉。まるでロケットで月に連れて行くかのように、ぼくは長い時間をかけてエミルに準備をさせた。

「エミル、木曜日に突撃するぞ」

誰か他の知り合いが話に割り込んでこないように、こっそりと、秘密裏に彼に知らせた。ぼくはエミルと二人だけで行きたかったのだ。

ぼくらはフィアットで少年時代に向かって突き進んだ。たいていの医者は、更なる事故から更なる死者が追加されることを望まない。エミルもゆっくりと運転した。フィアットは猫がのどを鳴らすように、ゴロゴロと音をたてた。ラッキー・ストライクをくゆらせるエミルに、ぼくは言った。

「吸っておけ、吸っておけ。一晩中吸えないんだからな。あっちでは誰にも知られぬようにするために、マッチ一本ですら擦れないぞ。ほら、繰り返してごらん」

「一晩中、煙草は吸いません」

ぼくは付け加えた。

「ラッキー・ストライク一本だって、な！」

ぼくにはそれで十分だった。ウナギはぼくが調達する。エミルはきちんとしたウナギ、川から引き上げられたばかりのウナギは、一度も食べたことがないのだ。

エミルは四十歳をいくつか超えており、伊達者というわけではなかった。しかし、さりげない気品を感じさせる、見栄えの良い格好になるよう、彼の奥さんが気を配っていた。上品な細かい格子柄の新しいジャケット、本物の羊毛のセーター、その年恰好の男に相応しいものだ。彼が今日身につけているものの中で何より素敵だったのは、メイド・イン・イタリーの新品の半靴だった。熟したオレンジのような色をして、飾り留め金が付き、シーザーがはいていたもののようだった。

ぼくの顔見知りの渡し守は微笑み、これはウナギだなと察していた。彼はぼくの子供時分からのことを覚えている。煙草の包みを渡すと、無言で立っていたが、ウナギの楽園に渡した人間のことをもう誰にも言うことはないだろう。

川のこの一帯は、なんと素晴らしいところなのだろう。背後ではシーマ岩が輪郭を浮かび上がらせている。そこはぼくがあるとき一時間で十一尾のウナギを釣ったところだ。なあ、エミル、敢えて言わずとも、すぐにわかるだろうけれど。

もう暗くなろうとしていた。川の上に出ている月は半分にまで欠けていたが、それは好都合だ。荷ほどきして釣り竿を出す。何かを釣り上げられる絶好のチャンスをぼくらは手にしている。ラッキー・ストライクお預けの束の間が始まった。

ぼくは大きなウナギのために小魚を刺し通し、小さめのウナギのためにミミズを刺したものと混ぜた。夜はなにやら半ば夢の中のようだ。ぼくは大量の素敵な仕掛けを仕掛けた。ところが、釣り竿は命を得る気配がない。釣り人ならば体験したことがあるだろう。何もかも動こうとしやしない、ぴくりともしないのだ。

夜半になると、エミルが煙草を請い始めた。

なんてことだ、彼はあんなに腕利きの医者だというのに！　なぜ煙草を吸わずにはいられないのか！

ぼくは彼に許可を出した。

しばらくすると、ぼくは興醒めした。何もかかろうとしない。エミルはおそらく、魚釣りをまったく違うものとして思い描いていたのだろう。彼は木の枝を集めてくると、火をおこした。先だってぼくらは煙草一本の火を懸念していたのに、今では川のほとりでキャンプファイヤーが揺らめいている！　大した度胸だ。しかし、エミルにはそれがわからず、ぼくはもうどうでもよくなった。エミルは火のところまで這い寄ると、足を暖め、そののち寝入ってしまった。

ウナギは釣れなかった。まったく、どこをうろつき回っているものやら。ぼくは――それはおそらく初めてのことだったが――魚に怒りを感じた。何も釣れないなんて。エミルを病院から引っ張り出してきたんだぞ。医者はいつだって不足しており、彼はそこで必要とされているのに。彼ほどの腕利きとなると、さらに不足しているというのに。ぼくは罵り始めた。

「俺たちはとことんついてないぜ、あいつら来やしなかった。胸くそ悪い！　あいつらめ！　ぼくがかつて十一尾を釣り上げた、まさにその日なのに。本当に、水中のマムシやろうだ！　毒蛇やろうめ！」

ぼくらは川に沿ってフィアットのところへと戻った。エミルは自分のラッキー・ストライクの最後の一箱を渡し守に渡し、もうあとは吸うものを持っていなかった。対岸で彼はぼくのほうに向き直ると、言った。

「馬鹿言うなって、そうかっかするなよ。俺たちが子供の時分に、マルシェ川*のそばでガチョウに草を食べさせていたよなあ。あれからもう、ほぼ四十年だ。あの頃にも俺たちはウナギ釣りに行って、何も釣れなかったじゃないか。だから、今日はあのときの再現さ。素晴らしかったよ」

＊　上オーストリアから南ボヘミア地方を流れてチェスケー・ブデヨヴィツェでヴルタヴァ川に合流する全長九六キロの河川。

エミルはそう言う。彼は全世界、アメリカにボルネオ、ホンジュラスにヴェネズエラを見てきていた。ボヘミアの星空の夜を見てきたし、パチパチとはぜる焚き火のそばで、再び少年に戻りもした。彼は自分の最後のラッキー・ストライクを手放し、だから帰りには煙草を吸わず、ただ注意深く、ゆっくりと運転をした。ぼくは、彼が慎重に車を進めていくようすを、そして彼が落ち着いて、正気の沙汰ではないスピード狂たちに追い越されるがままになっているようすを見つめていた。

彼の足先に目をやった。ぼくは一気に打ちのめされた。彼の素晴らしい靴のつま先は焼け焦げ、そこから靴下がのぞいている。彼はもうずっと前から、愛する妻からの靴が焼け焦げてしまったことを知っていた。けれども、ぼくらの間には、大きな差があった。ぼくは成功を受け入れることができ、彼は失敗を受け入れることができる。だから彼は認めたのだ。この夜、ウナギたちが、競技で勝利をあげるように、ぼくらに勝利したことを。そのあと、エミルはドライブインで車を止め、長い足をした女店員にたずねた。

「ラッキー・ストライクはあるかい？」

店員は靴下ののぞいている彼の靴のつま先をながめ、答えた。

「マリツァ*ならあるわ！」

＊　ブルガリア製の煙草の銘柄。

彼は彼女に心付けをはずみ、お礼を言った。

「素晴らしいね」

彼はマリツァに火をつけた。車の中で微笑んでいた。再び少年のように小さな火のそばにいて、その上には空が広がっている。彼は星を数えようと無駄な努力をする。子供や人々の人生に対して、彼が応じなければならない時間にはまだ間があり、自分のかけがえのない宝である子供を助けてもらおうと、母親たちが彼の元にやって来ては泣く時間でもなかった。

数台の車がぼくらを追い越し、サンデードライバーがクラクションを鳴らして悪態をついた。

「のろまめ！　とっとと走れよ！」

彼はかわらず静かに走り、慎重にペダルを踏むので、車で走っているというよりは水の上を進んでいるようだった。戦時中、彼は軍隊輸送車とジープの運転手だった。機甲戦となったときに、同僚ともどもアルデンヌ*を突破し、荒れ狂ったファシストの戦車、タイガーに向かって突き進んでいった。この白い道には積み重ねきれないかもしれない、たくさんの死体を、もう見ていた。彼を追い越し、臆病者だとみなし、あからさまに顔をしかめる者たち。その多くが彼よりずっと上手に運転できるわけではないことを彼は知っている。そして、彼は恐れてもいた。少し進んだところで、木の上や境界杭の上に、割れた頭やもがれた手足を見つけるのではないかと。せめて今日だけは、白い包帯からも、血からも、泣き声からも、無意味な死からも遠く離れていたかった。

＊ ベルギー南東部、ルクセンブルク、フランスにまたがる地域名。第二次世界大戦初期にナチスドイツのフランス侵攻の舞台となった。

今日のあのウナギの夜のことを、そして、白い花を付けたハリエンジュのまわりや少年時代の夏に香っていたキャンプファイヤーのことだけを、彼は記憶に留めていたかった。

金のウナギ

あるとき、ぼくは、アムステルダムから小さな燻製ウナギの束を運んできた。それは早採りのアスパラガスか柳の小枝のように柔らかで、まだ若いウナギだったから、金色に輝いていた。ぼくはリボンを持ってきて、小さなウナギに結びつけた。気に入っている人には、金のウナギを一尾進呈した。取り分がなくなってしまった人は、手ぶらに終わった。

うちの家では昔から、燻製ウナギのことを金のウナギと呼んでいた。決してそんなものではなかったのだけれど。少し大きめのものがオーブンをくぐりぬけると、闇夜か深海の底のような色になったのだから。

「いつか金のウナギを釣り上げられるだろうか?」

おやじは、かつて、こんなことを思い描いていた。一度にたくさんのウナギを手に入れたなら、肉屋のフランツィ・ヤノウフのところへ行って、白い花をつけているハリエンジュとスモモの枝にトショウの実を加えたもので、燻製にしてくれるよう頼むのだ。すが目のフランツィは、ぼくらの個人使用に必要な量の枝を、まちがいなく中庭に取り置きしておいてやると約束してくれた。おやじとフランツィは年老い、彼はぼくを見かけると、あの金ぴかのウナギはどこにあるのかい、と笑ってからかった。

ぼくらは、ただ釣り竿だけを使って、真っ向からウナギに勝負を挑み続けていた。ウナギが最も活発に餌を食う、昼と夜のはざまの時間帯に坐りこんでは、目が痛くなるまで、美しい目印、釣り糸に付けた白い布を見つめ続ける。それが振動板のように震えるのを、そして旗を掲揚するように、長い釣り竿の先へと動くのを待つ。たいてい、待つのは徒労に終わった。ごくまれに、白い小犬のような旗は、先端の方へと走り出した。しかし、ほとんどの場合、たまたまやってきたはぐれウナギにすぎなかった。ときどき二尾釣れ、一晩で三尾かかることはめったになかった。それは、年に一度のマジパンの祭り*のように、年に一度あるだけだった。

＊ 農業の繁忙期が終わる時期に行われていた、ミサとその後の盛大な宴会で構成されるキリスト教の祭礼。マジパン菓子はその祭を代表するご馳走のひとつであった。

ぼくは休暇小屋の屋根裏部屋で眠りにつこうとしていた。小さな窓は、サーカスのトレーラーハウスに付けられているような、ぴかぴかと光る安っぽい飾りで覆われている。外から月明かりが差し込み、折れ曲がった天井に、白い鳥の飛翔を思い出させる、矢のような形を作り出している。

ぼくはパジャマ姿で下に降りた。おやじは仰向けに横たわっていたが、やはり寝入ってはいなかった。ぼくはおやじのベッドへ身をかがめ、せがむように尋ねた。

「あの金のウナギってさ、本当にいるのかな?」

「いるとも。俺はそれを目にすることがなかったが、お前は見られるかもしれん。あいつらは水底から浮き上がってきて、大移動するんだ。何でも食うぞ、お前がやるものをな」

ぼくは安堵して眠った。

それから、ぼくは、千日ばかり働き、千夜ばかり眠った。

うちのおやじは、0のつく歳の誕生日を迎えようとしていたが、ぼくには彼に贈るものがなかった。というのも、おやじは生涯において、もうおそらく全てのものを手に入れており、そのほかの何ものをも欲しがりはしなかったからだ。新しいリールでさえ、もはや欲しがらなかった。あの古いのがまだ問題なく回転し、糸車のように静かに音を立てていたのだから。新しいトゥロニーチェクの釣り竿ですら、欲しがらなかった。そこで、ぼくは思いついた。彼の夢をかなえてあげられやしないだろうか。もう一度、あの、金のウナギに挑戦してみよう。子供時代をすごしたところへ行こう。そこにはまだ渡し守のプロシェクおじさんが住んでいる。どうしたらよいかをぼくに指南してくれるだろう。

そこで、ぼくは汽車に乗ってでかけて行った。

四日と四晩、ブラーノフからベロウンカ川に向かって、馬鹿みたいに歩き回った。最終的に、ナポレオンがワーテルローの戦いで敗北を喫したように、お手上げだ、と言わざるを得なかった。川は救いようもなく、死んでいる。魚釣りよりはむしろ水浴び向きのようで、コーヒーのように温かい。雲ひとつない空は、ラコヴニークの石鹸のように淡い色をしていた。どこにも魚らしい魚を目にすることがなく、ただ小魚だけが、川の浅瀬を通り過ぎたり、ぱちゃぱちゃと戯れたりしていた。

一日繰り上げて家に戻ろう。あの、いやしない金のウナギにやっきになるのは、もうお終いにしよう。

朝になり、ぼくは叩きのめされた犬のような気分で目を覚ました。くそったれ、魚にこてんぱんにやられた。四日間も水辺にいて、小魚すら釣れないなんて。ブラーノフの中庭で、釣り竿を緑色の袋にしまおうとした。そこにプロシェクおじさんが、口笛で何か吹きながら台所から出てきた。

ぼくに尋ねた。

「どうした、若えの?」

「おじさん、これをしまうところさ。意味ないよ。この川じゃ、もう釣れやしないね」

おじさんはそれに対して何も言わなかった。空模様をもっとよく見るために、中庭に出て行った。ズボンを引っ張り上げ、コウジメツ*方面の森の上にかかる空を眺め、それから川の上空を見た。まるで、何かものすごく面白いものをそこに読み取っているか、もしくは、そこから覚えのある声がするのを聞いているかのようだった。それから咳をしたが、喘息持ちのため、窒息しそうだった。中庭の石の上に痰を吐き出し、きっぱりと言い放った。

「今日、もう一度、川に行け。そのあとは、どこなりと行きやがれ」

立ち去り、バンと扉を閉めた。ぼくが何事かを理解していないことに、おじさんは苛立っているようだった。ぼくは彼のように中庭の真ん中へ行き、ズボンをたくし上げ、咳をして、空を見上げてもみる。しかし、何もわからない。ただ、空が重苦しく凝集していくような予感に襲われた。

ぼくは袋から釣り竿を取り出し、言われるがまま川へと行った。太陽の日差しはぼくが動けなくな

* ブラーノフ(ブラノフ)村とスクリエ村の間にある、クシヴォクラート森林地域の中心付近の地名。

るほど強烈に照りつけ、目の前ではちらちらと、雪が降っているかのように、点々が踊った。

水際で、もう一度、無駄な努力を行った。ありとあらゆる方法で魚の気を引こうとした。

とうとう、ぼくは、シーマ岩の近くにある堰の上流の草むらに寝転んだ。岩はもう全体がさび色で、ダイナマイトであちこち破壊されている。自分の背後の岩陰に、水がたっぷり溜まった水溜りがあるのが見えた。

ぼくはリール付きの釣り竿には太いミミズを付け、別の、リール無しの小さめの釣り竿には小さなミミズを刺し通して、幾分小ぶりの獲物用にしていた。ミミズたちは水浴びを続け、今日もまた何も釣れないだろうことは明らかだ。プロシェクおじさんの勘がここまで外れ、ぼくを水辺へと向かわせたのはなぜなのか、ぼくは理解できずにいた。

向かいで、ネザブヂツェ村の水車が古い歌のような音を立てている。ぼくにはそれが、かつて存在し、そして二度と戻ってこない〝時〟のことを歌った歌のように思えた。その当時、ウナギはやなで捕まえていた。やなは木材でできた樋で、ウナギはそこを泳ぎ抜けて末端の木箱の中に落ち、そこからは決して出ることができない。戦前、粉屋のチェフは、目方が六キロほどもあるウナギをやなで捕まえた。彼はそれを豚の殺菌桶の中に放ち、村の人々は、サーカスの大蛇を見るように、それを見物しにやってきた。

ここではウナギがどっさり捕まえられていたが、それは過去のことだ。プロシェクさん、あなたが無冠の魚の王であるにしても、そのことを知るべきだ。ぼくはそんなことを考えた。もう、ほかにやることが残っていなかったから。すると、突然、全てがくるくると回転しているような気がした。ぼくは頭を上げ、空を見た。空にはひびが入り、割れ目が開くかのようだった。薄暗くなり、さび色の岩はぼくの頭上で少し傾いた。

ネザブヂツェ村の古い聖ヴァヴジーネツ教会で、正午の鐘が打ち鳴らされた。

ビム！　バム！
十二時になりました。
ビム！　バム！

舞台は整った。

空がひび割れ、そこから闇が撒き散らされた。ぼくの頭に思い浮かんだ：聖者がやって来る！　名も知らぬ天の射手が、森に、川に、稲妻を発射する。誰かがシンバルを打ち鳴らした。天空から水が放たれる。川は波打ち、大きな、まるでこぶしのような泡が、そこかしこに浮いている。木々は揺れ動き、折れて朽ちてしまうのではないかと怯えている。

どこかで鳥が甲高く鳴き叫んだ。

その瞬間、頭をよぎった。釣り竿を見ろ。静寂は打ち破られ、浮きは、あたかも誰かが水の中で貪欲に飲み込んでいるかのように、荒れ狂う川の中へと沈みこもうとしていた。魚だ、餌をくわえて泳いでいるんだ！　もう一本の小竿が、ノヴァークのじいちゃんからもらった、汲み上げポンプのハンドルのように、上下していた。ぼくはその釣り竿に飛びつき、しっかりと握った。釣り竿を軽くし、折れてしまうのを防ぐために。神秘に包まれたウナギの頭が現れた。それを草の間を通して、水が満々とたたえられている水溜りのほうへと引きずった。仕掛けを切り、ウナギを水溜りへと投げこみ、そこから逃げ出せないようにした。ぼくはもう一本の大き目の釣り竿に飛びつき、しゃくる。これも、ウナギだ！　ぼくはそれを岸辺へと引き寄せ、岸へと投げ上げた。それは文字通り、あの水溜りへと飛び込んだ。ぼくは釣り針を結びつけた。次の釣り針だ。ぼくの手は興奮に震え、しきりに水が顔を伝った。三尾目のウナギだ。四尾目も、金色をしているのがすでに見える。この瞬間をぼくは何年も待っていたのだ。

「金のウナギが来たぞ！」

釣り針の一つが川底に引っかかった。ルフからここに駆けつけたペピーク・ヴルクーは、全てを察し、小舟を求めて疾走した。ぼくは坐り、メインの釣り竿にかかるのを待っている。すでに、優に二十分は過ぎ去った。もはや一秒たりとて無駄にはできない。今上がった四尾の下では、ウナギが群れで泳いでいたに違いない。レイヨウの群れのように、水底から浮かび上がったのだろう。ぼくの餌を見つけるや、メンドリみたいに、あっという間に飲み込んだのだ。もしかすると、この世が終わりつつあることを恐れていたのかもしれない。もしかすると、本当にこの世は終りつつあったのだが、何らかの力で阻止されたのかもしれない。

七尾、八尾、九尾、十尾、十一尾。

何事も、永遠に続きはしない。美も、幸福も、悲しみだって。空は滑らかな青さを取り戻し、大地へ金色の太陽を送ってよこした。嵐は去り、ウナギたちは消えた。

幻だったのではないだろうな？

夢だったのではないだろうな？

ぼくは水溜りの上に立つ。その中ではウナギが身をくねらせていた。大きくもなく、小さくもない。程よい大きさだった。金のウナギにまつわる話は、真実だったのだ。ぼくはウナギを袋に入れると、タイムの丘を越えてブラーノフへと、飛ぶように急いだ。プロシェクおじさんは敷石の上に立ち、軍人風の口ひげをひねり、いたずらっぽく笑った。

ぼくは汽車でベロウン、カルルシュテインを越えて家に帰りながら、プロシェクおじさんはどうやって、あの、まさにその日を知りえたのだろうかと考えこんでいた。もしかすると天気だろうか。魚釣りを左右するのは、天気なのだから。なにより、気圧とその変化だ。それによるまぶたの痙攣、喘息の発作、それに加え、足のウオノメのうずき。おじさんには、何が起きそうであるか、予めわかったのだ。ラジオや天気予報でそれを知る必要などなかった。よくよく考えるなら、あのウナギはプロシェクおじさんがうちのおやじの誕生日に送って寄こしたようなものだ。ぼくはただ準備をして、水から引き上げただけだった。

ぼくは死んだウナギを肉屋のフランツィのカウンターへ持っていった。彼のすがめの目が見開かれた。

「これってえことは、こりゃあ、おまえさんが釣ったんだな。全部で十一匹もあるじゃないか。十一匹といやあ、まるでレトナーのサッカー場*でサッカーをやってるみたいだぜ。詩のように、極上の燻製になるだろうよ」

＊　プラハ7区のレトナーにあるサッカースタジアム。ACスパルタ・プラハのホームスタジアムでもある。

ヤノウフはACスパルタ・プラハの大いなる崇拝者だったが、自分の悪くなった目ではもうずっと見ることはなく、競技場か、もしくはラジオで猛攻するようすを聞くだけだった。彼は、昔日の〝鉄のスパルタ〟を愛し、金の頭のミッドフィルダー、すなわち、スパルタの広告塔である金髪のカーギャが、ボールを奪って単独で前進し、〝ウリチカ〟と呼ばれた攻撃態勢＊で、ヴァシェク・ピラートへと緩やかにパスをしていたその時代を何よりも愛していた。あの打ち負かせない鉄のスパルタを褒め称える、数万の歓声が聞こえるかのように、いつも聞きふけっていた。

＊　ウリチカとは小路の意味。プラハの細い路地を駆け回るように短いパス回しで攻撃する戦法。

それでは、ウナギは、チェコの最も素晴らしい詩人たちの詩を彷彿とさせるように、おいしく燻し上がることだろう。ウナギの中には海があり、月があり、川があり、死があることだろう。そして、憎んでいる太陽までも。ウナギの中には、曇りの晩にたっぷり飲み食いして貯めた、てらてらと光る脂があることだろう。断食と果てしない旅がもたらす飢えがあることだろう。

待っているあいだに、ぼくはロウセクさんの金物屋で、金色をした安物の盆を十二コルナで買った。そして燻製ウナギを受け取りに行った。

七月十九日。

おやじの誕生日に向けて、全て準備が整った。食卓の上の黄色い薔薇の花、ボビンレースのテーブル掛け、そしてこぎれいになったおやじ。おふくろが床磨きのブラシで全身をごしごしこすったのだ。麺入りの牛肉スープに若鶏のジャガイモ添え。杏のコンポートにハルトマンの生ビール。それらを食卓に運び始める前に、ぼくは告げた。

「前菜を準備しておりますが」

「持っておいで！」

おやじは陽気になって叫んだ。多分、ハムか、もしくは玉ねぎと一緒に漬けこんだソーセージを期待していたのだろう。

しかし、ぼくが納屋から運んでいったのは、盆に載せられた、十一尾のぼくの金のウナギたちだった。青、黄、赤の三色になったACスパルタの美しいリボンで束ねられていた。フランツィ・ヤノウフ氏がぼくのためにそれをウナギに結びつけてくれたのだ。この贈呈に、ぼくの心の中ではファンファーレが吹き鳴らされ、シンバルが打ち鳴らされ、心臓が何度も快哉を叫んだ。おやじが喜ぶであろうことはわかっていた。なぜなら、それを釣ったのはこのぼくであり、彼の息子だ。それはおやじが釣ったも同然なのだ。

はたして、ぼくは間違っていなかった。金の盆をおやじの前に置き、ポケットから引っ張り出した、南スペイン産の三個のレモンで飾った。なぜなら、本物の燻製ウナギには、レモンを振りかけねばならないのだから。さもなくば極上の味にはならず、詩のように美味くはならないことだろう。窓から太陽の光がテーブルの上に差し込み、盆だけではなく、ウナギまでもが金のように輝やいていた。

この状況下では、そのウナギたちは、王様の黄金の冠かツタンカーメンの黄金の宝物にも劣らない金色をしていた。おやじは仰天して、台所のおふくろに叫んだ。

「ヘルミーンカ*、うちの坊主が金のウナギを釣ったぞ！」

＊　ヘルミーナの愛称。

そしてすぐに、泣くことは笑うことと同様に素晴らしいことだという原則に従って、おやじは泣きだした。おやじの涙は、決して長い間続きはしなかった。スペイン産のレモンを切り、薔薇の香りをかぐように、その匂いをかいだ。うなずく。スペイン産がお気に召したのだ。そして、ウナギの最初の一かけを口に入れ、噛み、すると、俳優のルイ・ド・フュネスが映画、サントロペで、警官を辞めさせられた直後に浮かべたような表情になった。今度はおやじは本当に涙を流した。口の中に残ったウナギをボビンレースのテーブル掛けの上に吐き出すと、言った。

「こりゃあ、食えん。フランツィのとんちきめ。加減せずに味付けして、また自分のあの栄誉あるスパルタのことでも考えていたな。塩辛すぎだ」

そう言うと、麺入りの牛肉スープを食べ始めた。いかにうまいかを知らせるために、さもおいしそうに舌を鳴らした。

ぼくは、すごすごと納屋に引っ込み、そこにウナギを吊り下げるべきか、それとも自分を吊り下げるべきか、思いあぐねた。結局、ウナギに決めた。ウナギはそこに長いあいだ掛けられ続け、誰ももう、それに注意を払わなかった。肉は無くなり、頭と皮だけが残り、倉庫が開かれるや否や、絞首刑に処された人々のように、風に首を揺らした。

ぼくはそれを人間のように埋葬してやることにした。

泉のそばの白樺の下に埋めてやった。そこからは川と、サルガッソー海へと向かう、彼らの水の中の旅路が見える。そのとき、ぼくの頭には、人が魚を殺すのは、悪いことではないのだろうという考えが浮かんだ。しかし、その魚を食べやしないのなら、それはひどいことだ。肥だめや灰受けの中に投げ込まれたり、あるいは埋め立てられた魚だけが、命を奪われたあげく無駄にされたと考えられがちだが、果たして本当にそうだろうか？

ともかくも、ぼくが埋葬した場所は、ぼくの金のウナギたちの墓となった。このような虚しい墓は、魚や鳥の墓のみならず、人の墓にもしばしば見受けられる。

オーストリア＝ハンガリー帝国において、後にはチェコスロヴァキア共和国において、さらに後にはチェコスロヴァキア社会主義共和国において、肉屋と燻製屋の資格を得ていたフランツィ・ヤノウフが、ほどなくして亡くなった。ぼくらは彼があのウナギに塩をきかせすぎたことを決して言いはしなかった。それどころか、あるときには、あれはフラーニャ・シュラーメク[*]の詩のように美味かったと言いさえした。彼はどの詩をぼくが思い浮かべたのか知りたがり、ぼくは言った。「余水吐」だよ。

＊ チェコを代表する詩人・小説家のひとり（一八七七〜一九五二）。

プロシェクおじさんも逝った。彼を入れた棺は、彼の最も愛した小舟で運ばれ、その舟の下には、銀の魚たちの護衛隊が泳いでいた。ぼくは川岸で、生まれてこのかたなかったほどに泣き、今回の涙は笑いと同様に素晴らしいなどということはなかった。

おやじだけが、なお、この世の庭園に留まっており、彼は老いた膝で西側に向かって旅立った。「西」と言っても、それはプラハからほんの少し西方のラドチーン[*1]だ。おやじは休暇小屋を売って得た金で、そこに小さな家を買った。それは、彼が太陽に照り付けられないように、風に吹きっさらしにされないようにというためだけの代物だった。数本のイチゴとリンゴの木の生えた小さな庭があり、その木々にはホシムクドリのための巣箱がいくつも掛けられていた。小さな庭には、ニワトリの足の上に乗っかっているように、他より高くなっている小さな小屋[*2]をさらに建てた。おやじはそれを〝あなぐら〟もしくは〝おこもり小屋〟と呼んだ。浮世とおふくろとにうんざりさせられると、おやじはそこにもぐりこんだ。そしてそこから、お前らのためにこんなにしてやったのに、おれを尊敬していないだろう、とぼくらを罵るのだった。

＊1　現在はプラハ16区に含まれる地名。当時はプラハの西方に隣接する地域であった。
＊2　チェコではニワトリの足がはえた小屋に魔女が住んでいるとされている。

おやじにとって幸せなことに、小屋から数百メートルのところを彼のベロウンカ川が流れていた。おやじは友達のヴァシェク・ハーイエクとともに、庭にコンクリート製の四角い畜養プールを作った。すぐに知るところとなるのだが、それはなによりウナギのためだった。ぼくは、あの塩辛すぎた失敗で、全てが終わったと考えていたのだが、おやじの中ではずっとくすぶり続け、今や再び、はるかに激しく燃え上がろうとしていた。

ラドチーンの町はずれの変電所の付近では、何とも興味をそそる釣りの光景が繰り広げられていた。老ブラインドゥルがそこで古鍋の上に坐って魚を釣り、その少し先では、地元の女性たちの抗議もなんのその、夜な夜な庭で猿股姿になり、嬉々としてミミズを捕まえていたアロイス・プルハルトが釣り竿を握り、釣り名人のヴォドラーンもそのあたりを歩いていた。

そこではハーイェク家のダックスフントのフェルダも走り回っており、なにがしかの魚用の、最高級の練り餌を釣り人の目を盗んでは食っていた。とりわけ、ウナギにとりつかれていたうちのおやじのところに、通って来ていた。

ヴァシェク・ハーイェクは、よくうちのおやじと釣りをした。彼は立派な体をしていて、巧みに泳ぐことができたので、釣り人たちが釣り針を根掛かりさせると、ヴァシェクは無償でそこに飛び込み、それを外してくれた。そこには魚よりもはるかに多くの石があり、自転車に魚用の荷車を取り付けてやってきたおやじは、すぐに川底を引っ掛け、暮れゆく中で叫んだ。

「なんてえ川だ!」

「このくそ川め」

「馬鹿野郎、この、くそいまいましい川め!」

とうとうこうすることにした。

「俺はアメリカ製の糸、USAを使っているんだ。釣り針と一緒に川底まで引っぺがしてやる」

そして、飛び交う野次を背に、石だらけの川底を引っ張り始めた。すぐに周りの家から次々と、釣り人たちは静かにしろ、労働者たちが眠れないじゃないかと怒鳴り声が響いた。もしもこれが毎晩続くようならば、彼らは警察か村役場に苦情を申し立てに行くだろう。

おやじは川底を引き上げられず、再び叫んだ。

「ヴァシェク、びくともしねえ。泳いできてくれよ」

ヴァシェクは服を脱ぎ、何度か準備運動をすると、思い切ってザブンと行った。彼はすぐに、おやじが水牛でも引っ張れるほどの頑丈な釣り糸を使っていることに気付いた。だからメイドインＵＳＡの糸を引きちぎるのは無理だった。ヴァシェクはカワウソのように水に潜り、石の下から釣り針を取り外した。水の中に行かされたときに、少し泳いで川をかき乱してしまったので、釣りは一旦休止にするか、もしくは形だけのものになった。彼らはアネグドート＊を語りあい、おしゃべりに興じた。

　しかし、たいていは真剣に釣りをやっていた。

＊　滑稽な小噺。

　おやじは新たな理論にたどりついた。何百匹、いや何千匹の太いミミズを集めねばならぬ。それをウナギのためにばらばらにちょん切る。こまぎれになったものを水中に放り込み、そこで釣るのだ。そうすればウナギが手に入るだろう。しかし、何より先に、その太いミミズを手に入れなければならなかった。

　おやじは雨で湿った晩におふくろを連れ出して、ノバーク家の家庭菜園を腰をかがめて歩き回り、懐中電灯で照らしながら、太いミミズの首根っこを捕まえ、土の外に引っ張り出した。その作業のあとには、腰と目が痛んだ。眠りたかった。なぜなら、それは毎回、普通の人ならもう眠っている時間帯だったからだ。おやじは大変な手術のあとでもあり、目からは膿や涙が流れ出た。

　おふくろは、もう辛抱できないと苦情を申し立て、おやじに、すっかり別の人と結婚すべきだと言い張った。おやじはおふくろに耐えねばならぬと示し、説得のお題目を並べた。数日後、おふくろは言っていたとおり、本当におやじを見限って家に留まり、おやじは幾晩も一人きりで、明かりを持って、さまよえるオランダ人のように飛び回っていた。

十分な数の太いミミズが手に入ると、おやじは荷車付きの自転車で川に向かった。もう金のウナギに出会えるとは信じておらず、はぐれもののウナギを捕まえ始めた。
ほどなくして、おやじから、ラドチーンへおいでという伝言を受け取った。おやじはひげを剃っており、浮き浮きとしたようすで歓迎してくれた。ぼくをガラス張りの小さなベランダの席につかせた。誰かが白いボビンレースのテーブル掛けを広げ、その上にナイフとフォークを置いている。
おやじは羊皮紙に似せた長い紙を持ってきた。それは、ナイトバーのメニューにあるように、蠟燭で端を焦がして雰囲気を出してある。そこには、四十二のウナギ料理の名前が並んでいた。

ご賞味くださいませ。

英国風ウナギのパテ
英国風ウナギ
ボーケール風ウナギ
ベネチア風ウナギ
ウナギのベネディクト風
ウナギのボンヴァレット風
ボルドー風ウナギ
ブルゴーニュ風ウナギ

デュラン風ウナギ
ウナギのフィーヌゼルブ
フランドル風ウナギ
フランス風ウナギ
ハンブルク風ウナギ
ウナギのへリー風
美食家のウナギ
粉屋のウナギ
ウナギの串焼き
ウナギのバター焼き
青いウナギ
ウナギのクリーム煮
ドイツ風ウナギ
ノルマンディー風ウナギ
パリ風ウナギ
ウナギの灰焼き
プロヴァンス風ウナギ
ウナギのロブスターソース添え

ウナギのエビ添え
ウナギの煮込み
ウナギのロベルト風
ルーアン風ウナギ
ロシア風ウナギ
ローマ風ウナギ
ウナギのオランダ風ソース添え
ウナギの揚げ物
ウナギのサント＝ムヌー風
シュフラン風ウナギ
スペイン風ウナギ
トルコ風ウナギ
燻製ウナギの揚げ物
ヴィレーム風ウナギ
ウナギのヴィルロワ風
ウナギのフリカッセ

ここに至って、ようやく、なぜウナギが夜に泳ぐのか、そしてそのうえ、まさに川の底を泳ぐのかという理由がぼくにはわかった。全世界のもっとも腕利きのコックと美食家とが、ウナギを狙っているのだ。どこかではウナギのために、黄金までもを支払っているのだ。

おやじはお高いレストランでやるように、暖めた皿を運んできた。それから、皮目がぱりっと焼かれ、切り分けられたウナギの入ったフライパンを運んできた。申し訳なさそうに笑い、静かに言った。

「四十一のウナギ料理は売り切れでございます。このバター焼きしかないんです」

ぼくはそれに答えて言った。

「それが一番好きなんだ、父さん」

そしてぼくはウナギの皿に取りかかった。

おやじはそのウナギに、自分の小さな庭から取ってきて細かく刻んだパセリを振りかけたので、それは庭の匂いと、そのパセリの近くで咲いていたイチゴの花の香りがした。おやじは坐り、ぼくを見つめ、すっかり食べてしまうのを待っていた。ぼくはそれをきれいに平らげた。もう長いあいだ、こんな絶品のウナギは食べていなかった。これは詩のように美味かったよとぼくが言うと、おやじは少年のように喜んだ。

おやじはさらにウナギを捕まえては、それをぼくのためにプールに入れて生かしておく。しかし、ぼくには、おやじが他の人、例えばぼくの兄貴たちをなぜ招かないのかがわからなかった。おやじはウナギを捕まえると、常にぼくに「おいで」と連絡してきた。ぼくはそこに通ったが、一度だけ、自分の友達と一緒に行ったことがある。彼は当時、何らかのトラブルを抱えており、ぼくはあのウナギがそれを吹き飛ばしてくれないだろうか、と思ったのだ。いつも同じ儀式が行われた。どこかで書き写してきた羊皮紙風のメニュー。ウナギのバター焼き。静寂。賞讃。驚嘆。煙草。冷えた白ワイン。それから、熟したイチゴを家庭菜園からつまみ取っては食べ、たわいもない話に興じる。

ぼくはラドチーンの釣り人たちから、おやじがベロウンカ川のほとりで幾晩を費やしたかを聞いた。視界の悪い、野良犬だってねぐらに戻るような暗闇の中での数百時間。一人っきりではぐれ者のようにそこに坐り、一人っきりで、一尾ずつ、はぐれウナギを釣り上げた。金のウナギは彼の前に一度も姿を現さず、その幸運は決して手に入らなかった。もしかすると、釣りは、ギャンブルのようなものだったのかもしれない。おやじは恋愛においては、ついていた。釣りにおいては、ほぼ常に運に見放されていた。* 狙った魚のために、ずっと坐りっぱなしでいなければならなかったが、それは辛いことだ。おやじが繰り返し坐っていた石は、その数百時間の間に、彼の下で、流れる水の下にある石のように、くぼみが深くなっていった。

＊ チェコには「ギャンブルでの不運は恋愛での幸運」ということわざがある。

おやじはまたもやぼくに、夕食においでと便りを書いて寄こした。全てが相変わらずだった。しかし、完全に全てというわけではない。おやじは、いつもより陽気なように思われた。ぼくが食べ終え、おやじに微笑みかけると、おやじはぼくに口を開かせず、自分からこう告げた。

「お仲間よ、これがあの十一尾目だ」

その瞬間、ぼくは全てを理解した。どうしてぼくはこんなにも間が抜けていたのだろう？　つまり、おやじは、ただもう、ぼくにあの十一尾のウナギを返し、すっかり完済したのだ。あの世へと旅立つ前に、いかなる借りをも残しておきたくはなかったのだ。

トシェボトフ*からぼくらに、おやじの死を知らせる電報が届いた。

＊　中央ボヘミア州プラハ西方郡にある村。

ぼくは葬儀屋に、あることをやってくれるなら、ただにはしまい、とほのめかした。それはやってはならないことだと知っていたから。ぼくは葬儀屋にふた付きの小さな陶器の壺を手渡した。その真っ白な表面には、まるで姫リンゴのように小さな、赤い蔓薔薇が描かれていた。小さな遺骨のかけらを少し、壺の中に撒き入れてくれないだろうか、ぼくはそう頼んだ。

しばらくして、壺が戻ってきた。ぼくはそれを持って、おやじが何よりも愛した川、ベロウンカ川へと行った。軽やかなそよ風が吹き、ダックスフントのフェルダが通りを走り回り、耳をパタパタさせていた。他には誰もいなかった。おやじが一番たくさんのウナギを釣り上げた淵のそばにしゃがんだ。薔薇のついた壺を取り出し、よどみと流れの境目に、その小さなかけらをばら撒いた。いくつかのかけらは川底に沈み、いくつかは浮いて流れていった。川が、美しくて暖かな海へと、おやじを運んでいってくれますように。絶えず回り続ける、色とりどりのメリーゴーランドのようなこの惑星の上では、時に人々が寒さに震えることもあるが、決しておやじがそんなふうに寒いと感じることのありませんように。ぼくはそう祈った。

頭を上げると、数羽の大きな鳥に気づいた。白鳥だ。翼をはためかせ、ズブラスラフ城*のほうへと飛んでいく。そこでは涙も、笑いも、そして人々までもが、彫刻へと姿を変えている。

＊　プラハ16区のズブラスラフにある城。

エピローグ

インスブルックの冬季オリンピックの時に、ぼくは気が狂った。頭の中は、アルプスから霧が押し寄せてきたかのように、くもってしまった。そこで、ある男に出会った。彼は、ぼくにとって、どこもかしこもが悪魔だった。ひづめに、体を覆う毛に、角に、古びた虫歯。そのあと、ぼくはインスブルックの山の上にあった農家の建物に火をつけに行った。大火が燃え上がり、霧を追い払ってくれることを期待したのだ。牝牛と雄馬とが焼け死なないように家畜小屋から引っ張り出そうとしていると、オーストリアの警官がやってきた。彼らはぼくに手錠をかけ、谷へと連れていった。ぼくは彼らを罵り、靴を自分でむしり取り、十字架へと導かれるキリストのように、裸足で雪の上を歩いた。

ぼくはドゥヴォジシュチェの町*を越えて、プラハの医師たちのもとへと送られた。

＊ 南ボヘミア州チェスキー・クルムロフ郡にある町。オーストリアとの国境検問所がある。

この最初の時期は、ぼくにとっては恐ろしいものではなく、ぼくを気にかけ、好いてくれていた人たちにとって、恐怖を感じさせられるものだった。ぼくは本当に幸福で、全てのことを情熱的に、信念に基づいてこなしていった。しばしば心地よくさえもあった。祝福を与えるキリストのような存在となることは、素晴らしいことだった。

何より恐ろしいのは、薬の力で、自分が狂っていることをあなたたちが自覚できる状態にさせられたときだ。悲しみで目は閉じられ、あなたたちはもう、自分がキリストではなく、人を人たらしめる健康な脳を欠いた、哀れな存在なのだということが分かっている。誰も殺してはいないし、誰にも危害を加えていない。それにもかかわらず、刑務所同然の場所に閉じ込められる。裁判にかけられることなしに、判決は下されている。外の人たちは満ち足りた生活を送り、あなたたちは彼らを妬み始めるだろう。

あなたたちを救えるのは、奇跡だけだ。ぼくは奇跡を五年間待ち続けた。あなたたちは一人ぼっちで椅子に坐る。何週間、何ヶ月、何年ものあいだ。ぼくは動物のように苦しんでいたとは主張できない。なぜなら、どんな人にだって、動物がいかに苦しんでいるかなど、たとえそれについて、しばしば語ったり書き記したりしているにせよ、決してわかってはいないのだから。ぼくが知っているのは、自分が恐ろしいくらい耐えたということだけで、それをうまく語ることすらできない。そして、誰一人として、このようなことを信じないだろうし、その病について聞きたがる人はいないだろう。その病は非常に恐れられているからだ。

病状が少し良くなると、ぼくは、今までの人生で一番素晴らしかったことはなんだろうか、と考えた。愛や、世界中を旅してまわったことに思いはせることはなかった。夜間飛行で大洋を渡ったことや、プラハ・スパルタでカナディアン・ホッケーをやっていたときのことすら考えなかった。ぼくは再び、小川や、川や、池や、ダム湖へと、魚を釣りに歩いていき、ぼくがこの世で体験したもののうち、それこそが、最も素晴らしいものだったのだと悟った。

なぜそれが最も素晴らしいのだろう?

ぼくにはそれを正確に解き明かす能力はないが、この本を通じて、それを語ろうと努力した。どこでどんな魚を釣り、頭から尾までどのくらいあったかを、ぼくはいつだって回想したりはしないのだが、その魚を取り巻く全てのことは、懐かしく思いだす。

まず、その魚を求めて、歩いて行ったときの、あるいは乗り物で行ったときのようす。ジェリヴェツ村*では、まだ人々が眠っている時間帯に、ぎしぎしときしむ自転車で、鱒のいる小川へと通ったものだ。全てが壮大な自然の劇場で演じられたかのようだった。草や畑は露にきらきら光り、鳥は歌い、森ではもうぼくを見知っているノロジカが草を食んでいた。その素敵な小川へつくと、ぼくは慎ましやかな気分に満ち、手のひらで水を掬い、神に十字をきりたくなった。しかし、一度もそうしたことはなかったのだが。

＊ 中央ボヘミア州プラハ東方郡にある小村。

ヤノフ*を北上したところにある、荒涼としたダム湖を思い出した。おふくろのヘルマと行って、鯉のように大きな鱒を釣り、水は天の牧場の草のように緑色をしていた。ぼくはそれを夢に見た。

＊ ウースチー州モスト群リトヴィーノフ町の中の地名。

最もよく考えたのは、クシヴォクラート一帯のことだ。ネザブヂツェ村の水車。そして、密猟者のために、さらに警官のためにまでも、いつもそのあたりを照らし出していた小さな明かりを。ここを通ってひしめき移動する、神秘的なウナギのことを思った。蛇のような小さな目をして、憑かれたかのように海や大洋からの旅をしていたウナギを。

ぼくの人生からは多くのものが消えていったのに、魚がそこに留まったというのは面白いことだ。それは、通りを往来する文明の路面電車が滑稽に跳びはねることもない、自然そのものの一要素だ。今では、もう、ぼくは知っている。人々は単に魚だけを求めて出かけて行くのではない。太古のように一人きりになりたがったり、さらに鳥や動物の鳴き声を聞きたがったり、秋の落ち葉が落ちる音を聞きたがったりしているのだ。

ぼくがそこでゆっくりと死のうとしていたとき、ぼくの人生において何より価値を持つ、愛する川が、とりわけ眼の前に浮かんでいた。ぼくはその川が本当に好きで、魚釣りを始める前には、手のひらのおわんにその水を掬い、女性にキスするようにその水にくちづけするほどだった。残りの水は顔にふりかけ、そして釣り竿の調整をした。ぼくの前をゆったりと川が流れていた。人は空を見ることができ、森の中を眺められるが、本物の川の中をのぞくことは誰にもできない。川の中を真に見ることができるのは、唯一、釣り竿を通じてのみなのだ。

ぼくはいくどか格子のはまった窓のそばに坐り、このように、思い出の中で魚を釣った。狂おしくなるほどだった。美しいことを考えるのは止めねばならない。自由を渇望するのを止めるために、世界には汚れや、胸が悪くなるようなものや、汚水だってあるのだと考えた。

ようやくぼくは、自分の憧れをぴったりと表す言葉を見つけだす：自由という言葉を。魚釣りはわけても自由だ。何キロメートルも鱒を求めて歩き、泉から水を飲み、少なくとも数時間、数日間、もしくは数週間か数ヶ月間は、一人きりで、自由なのだ。テレビからの、ニュースからの、ラジオからの、そして文明からの自由。
ぼくは、もう無理だと思っては、百度も自殺したくなったが、決して実行することはなかった。おそらく、潜在意識のなかで、もう一度川の唇に唇を重ね、銀色の魚を釣ることに焦がれていたのだろう。釣りはぼくに耐え忍ぶことを教え、思い出はぼくが生きる手助けをしてくれた。

編集後記：短篇集『ボヘミアの森と川　そして魚たちとぼく』は、著者の死後、一九七四年に初めて刊行された。次頁から始まるカレル・シクタンツの文章は、元は匿名のあとがきであったが、本人により、チェコ文学の礎に属する作品への解説となる序文とされたものである。日本の読者に紹介するにあたっては、作品のあとに読まれるべき文章と考え、あとがきの位置に配置した。

王国半分をその言の葉に（カレル・シクタンツによる序文）

人々は、木々のように、長い時をかけ、ゆっくりと成長する。確かに、年を重ねゆく私たちは、誰しも、時を飛び去るもののように感じるだろう――子供や潅木は、またたくまに成長するのだから。しかし、年ふる農夫たちや、年ふる教師たちは、その経験から心得ている――人間も樹木も、ゆるやかに成熟してゆくものなのだと。

誰にわかるだろうか？　それまでずっと、言葉というものを、ハンマーやグラス、あるいはナイフと同類にとらえていた人が、自分の言葉の重みを慎重に分類し始め、ついに、そこに法則があるのではないかと意識するようになる、その時がいつであるかを。

千年も昔から繰り返される物語。

しかしながら、それはいつだって、まるで初めての出来事のように起こる――あてどもない長旅へ、多くの人たちが準備を進める。そのうちのひとりが、メッセージを右手に、つねに数歩だけ彼らに先んじて、飽くことなく走り続ける。あたかも、彼が、すべての旅人たちの歩みを周囲に示すことになっているかのように。

それは、使命なのかもしれない。それは、愚かしさなのかもしれない。誰が知りえようか。人類が宇宙の征服に挑み、また、永遠の平和を追い求めている現代ですら、この長距離レースの走者たちは絶えることなく、彼らによって、永遠に続く世界のレースが進められる。

栄光を勝ち取る人も多い。忘れ去られる人も多い。そこに大きな意味はない——記憶してもらえるか否かなど、本来の目的ではないのだから。私はこれから何を語っていこう?

人生半ばにして去りゆこうとする作家の、死を悼む静寂を打ち破り、悲嘆にくれるのか? チェコの川に沈み、数年のうちに、うたかたのように消え去った人々、彼ならば、そのひとりにはならぬと示すのか?……そうではない。

ひとつめにも、ふたつめにも、意味はないだろう。オタ・パヴェルは神の慈愛を受けた作家だ——そのような作家たちにとって、執筆年数の長さや出版冊数の多寡は、ごく些細なことでしかない。なぜならば、彼らは、彼らのつむぎ出した最初の言葉に対して、月桂樹の冠で称えられるのだから。新星のように、忽然と空に現れることもなく。華々しく、鳴り物入りで登場することもなく。

ブシュチェフラットの城下町や、周辺の村人たちの中に、予期していたものはいただろうか。池や、干草の山や、鉱山のまわりをさすらい歩き、のちに、一生涯にわたる戦争の烙印を押された、あのちっちゃなポッペル家の坊や。その彼が、ポケットに魔法の鉛筆を持ち、その鉛筆で、土けむりの上がる愛おしいその地方に、永遠なる栄光を勝ち取ろうとは?

プラハの編集者仲間たちの中に、予期していたものはいただろうか。若い、自信過剰な新聞記者であり、どんな放浪も冒険も常にいとわない彼が、ある日、担当していたスポーツコラムの枠を飛び出し、運命にあらがい、まさに永遠の少年の心を持って、端麗なる文学という聖域に踏み込もうとは?

千年も昔から繰り返される物語。

彼の身近で生活を営み、少なくとも、最後の五冊の本の一字一句まで知りつくしていた私たちにとって、それは悲しいことであった。

チェコの文学界にとって、それは幸せなことであった。

長いあいだ、スポーツこそが、彼のすべてだった。

彼はその中に、かつての子供の遊びのにおいを嗅ぎ取っていた。果てしのない、人間の力と力の競り合いを、その中に感じ取っていた。彼にとって、観客席は無縁のものだ。舞台となるスポーツ施設と、土けむりのたちのぼる競技場が、彼にすべてを約束したのだから。

だから彼はひとりで競技をした。トレーニングさえも。靴紐を結び、色あせた運動着にアイロンをかけ――幾晩ものあいだ、明日は競技できるだろうか、と待ちわびている。一期一会の好機にめぐり合うかもしれないと思いながら。

昔ながらの子供の遊び。

しかし、その遊びは何倍も厳しい。なぜなら、はるかに逞しく育った人々が戦っているのだ。英雄になる者もいる。かたや涙をのむ者もいる。没頭している者もいる。かたや買収される者もいる。人というものが、押し並べてそうであるように。

オタは彼らについて書き始めた。

だが、観客席からの声ばかりを取り上げる、多くの他の人々とは違うやり方で。ボックス席でくつろぎながら見物するものや、写真についてではなく。

オタは、有名人の掌から彼らの運命を読みとき、そして、彼らに自分自身の掌を差し出してみせた。自らを彼らの競技にのめりこませておいた。しかし、自分自身の戦いに、彼らを巻き込んでもいた。あるときから、彼の試合には暗雲が立ち込め、絶望的といえるまでになった。彼は人々に囲まれているときには幸せでいたが、その絶望的な戦いは、自力で進めるしかなかった。

『半年たつと、まるで長距離走を走っているかのように、みんなわたしの前から消えてしまった。わたしを訪問してくれたのは、妻と、母と、兄のフゴとイジーだけだ。だれも、もう、わたしに希望を与えようとはしなかった。まるで3対0のスコアが出て、その直後に主審が終了のホイッスルを吹き鳴らすときのように。最も症状が酷かったそのとき、とある男が現れた。わたしは死神の訪れを覚悟していたのだが、やってきたのはボロヴィチカ氏だった……』

彼の物語の中の勇者たちは、このように登場してくる。

あの勇ましきものたち、ヴェセリー、インドラ、クベル、ラシュカといった人たち皆にとって、一九七三年三月三十一日は、何にもまして悲しい日であっただろう。彼らの家の扉をノックし、彼らのたましいについて書かれた本を運んで来てくれた、初めての、生気あふれる作家が亡くなった日だ。その本に書かれていたのは、すべてがほぼ真実であった――そしてすべてがほぼ夢であった。
素晴らしいものを与えられたと感じている人が、その贈り主の訃報を知る。人生ではそのような出来事にときおり遭遇することがある。

削除線でいっぱいの、彼の最後の草稿をぱらぱらとめくる――すると、突然、すぐ肩越しに、彼の安らかなたましいの息遣いを感じる。あたかも、おのおのの場面の背後に、何らかの秘密が隠されているかのように。

私はくすりと笑いをもらす。どんな秘密がありうるのだ！ 彼はいつだって、ドアも窓も、目いっぱい開放していたではないか――私たちは彼の名前を叫ぶだけでこと足りた！ 彼は君に自分の引き出しも、ポケットに開いた穴までも、すべてさらけ出していたではないか――あれやこれが好きだと口にしてはいけないよ！ そうすれば、翌日、彼は君に郵便でそれを送ってきただろうから。

私は華奢な骨董品や、友達の写真や、チェーホフの肖像画を眺め、壁の短詩を読み、彼が私に送ってくれたすべての手紙から切手をはがす。すべてが異なる切手だ。なぜなら、かつていつだったか、私は彼に、家族の誰かが切手を収集していると言ったから。

秘め事は存在しない。唯一存在するのは、彼の創作の秘密だけだ。あの驚嘆すべき簡素さ。彼は最後の数冊で、そこへとたどり着いた。見た目にはごくありふれた、まさしく、一般大衆向けの言葉だ。しかし、詩情と、絵画的な鮮明さとに満ちている。おのおのの単語たちが、ボヘミアの地以外に、自分たちの居場所はないと誓っているかのような。

彼はサローヤンの系列であると言われてきた。そうかもしれない。しかし、私にはいつだって、彼だけが、目的を見据えてほとんど計画的に、民謡の醸し出す抒情性を目指していった、ただ一人の散文作家であるように思われた。彼がいつも民謡を引用する癖があったのは、もっともなことだったろう。生まれ育った言葉でうまく語れる場所で、何より大きな喜びを得たのは、もっともなことだったろう。

彼はおそらく、あの、何よりも自然で、何よりも素朴な言葉を、人々のあいだで永遠に探し続けていたのだ。

そうだ。彼は、善き言葉の代価として、王国の半分を授けようとするかもしれない。しかるべき場における、善き言葉に対して。人間味にあふれた人々のあいだの、善き言葉に対して。彼の本はすべて、まさにその善き言葉だけからできている。あちこちのポケットいっぱいに詰めこまれた言葉、あるときには使用済みの絵葉書と交換で手に入れた言葉、あるときには喫茶店のコーヒー一杯と替えてもらったり、あるときには悲しすぎて彼が家に置いておけなかった本と引き替えにしてもらった言葉から。

まるで、彼の本は心浮き立たせるものばかりだと言わんがばかりに！

ブシュチェフラット中心地の、二つの池に挟まれた、でこぼこした田舎道に私は立っている。そして、オタ・パヴェルが彼の人生で、最も長い時を過ごした家を眺める。その期間の長さは、年や月で数えられるわけではない。それはかけ算九九の表のような、子供時代の欠かせない要素によって、何より長い時となるのだ。

この付近のどこかに、柳の木が生えており、彼は自分の魔法の鉛筆のために、柔らかな木材を切り出した。この付近のどこかで雨が降り、彼には降りしきる雨が水面で優雅に舞っているかのように見えた。

この付近のどこかで、彼は王であった。収容所へ向かう列車がかなたで汽笛を響かせていた時代、同時に、彼はもっともさげすまれる存在でもあった。

そうなのだ。『のちの人生に大きな影響を与えうる場所が、この世の中に一つはある』という古い言い伝えは、ここでも成り立っている。なぜなら、パヴェルの文学のゆるぎなさは、長年かけて法則性を見いだしてきた言語だけに根差しているわけではない。彼は、耳触りが良いだけの言葉を、軽薄に口にすることを決して好まなかった。能弁なたちではなかった……むしろ逆である。

すべての束の間の出来事が、彼には物語のように思えた。ことさら、脚色することもなく。高い代価を払って、自分のはるかかなたに、蠱惑的な顚末をさぐりだそうとするでもなく。一瞬の出来事は、彼にとって、あるときにはまるで奇跡とも、あるときにはまるで恐怖とも思われた。予期していたよりも、さらに愉快なこと、あるいはさらに辛いことが彼に降りかかるや、ためらうことなく、それを何らかの意味がある物語へと高めた。まるで、紐に結び目を作って記憶を手繰るよすがにするかのように、いともたやすく。

パヴェルの短篇小説は、そのようにして生みだされた。日常を極めたものとして。簡素を極めたものとして。なぜならば、彼へと導く道を探している、その一瞬の出来事は、すべからく、一本の小橋を、一本のすっかりくたびれた丸木橋を渡らねばならなかったのだから。その向こうには、彼のブシュチェフラットでの少年時代が広がっている。そして、ここを支配していた彼ら、あの池番や、粉挽きや、渡し守に、まっすぐに対峙できねばならなかった。

それらふたつの世界の狭間に、満々と湛えられた清冽な水がある。その中の魚が天に向かって跳ね、柳はその思慮深く重たげな頭を永遠に水に浸している。

多くの人たちはそれを知ることができない。

多くの人たちは、その岸辺で、無数の釣り竿を見張り続けている老人に気づくことができない。彼は善良だが、いたずらっぽい目をしている。彼の人生は不遇続きであった――しかし、彼は偉大な人物だった。病院に連れて行かれるとき、彼は玄関に「すぐに戻ります」と記した下げ札を吊るした――そして、もう二度と帰ってこなかった。

彼を知らない人などいようか？　パヴェルの全作品中で、一番の主人公である彼を？

私は、ブシュチェフラット中心部の二つの池に挟まれた、でこぼこの田舎道に立ち、彼、パヴェルの父について、思い巡らせている。彼は広大な周辺地域で、何が、どこで起こったのかについて、細大漏らさず知っていたが、自分の末っ子が、その生涯のある時点で偉業を成し遂げようとは、予想だにしなかった。

オタの業績は少なくはない。

彼の短い生涯は、数人分の全うされた人生にも匹敵するだろう。

私は、このあたりの人々の幸、不幸、それから狩猟小屋、さらには渡し場に居酒屋が記された、彼独自の地図を手に、クシヴォクラートの森を散策する。迷いやしない。森を抜ける道には独特の魅力がある——森は鬱蒼として奥深い——木々に目を向けると、名前を呼ばれたかのように、込み合った茂みから前に出て、〝気をつけ〟をする。

私は呼んでみたくなる。数十もの家々に入り、彼の名を使って挨拶したくなる。しかし、それは無意味なことだ。美しいノロジカが茂みのそこかしこでひょいと動き、炭焼き窯は煙を吐き、ティージョフの城は神秘的に、賢者めかして押し黙っている——あたかも、比類なき手法で、ひとたび声に出して言葉に置き換えられたものには、もはや付け加えるものなどないと言うかのように。

そうなのだ、ボヘミアの地以外のどこにも、彼の本には安息の場所はありえない。ここへ来れば、納得できる。この地方が彼の作品に対して果たした貢献が、流行や独りよがりの解釈に帰することは決してない。なぜならば——町にいることを余儀なくされた数年のあいだ——彼は自分の田舎だましいを保持すべく、心がけていた。自らの天と地との明白な均衡を、大陸と海、飛行と風、成長と円熟のそれぞれの規則性に対するあるがままの感性を。

私は彼の「紫の隠遁者」について思い巡らせる。そして、「ブシュチェフラットの鉄道」に。ただひとつの石像を作るために、岩山から切り出された石が加工を待っているかのように、彼の頭の中では準備ができていた本について。

誰も私を信用しないだろう。けれども、そんな本は実在しないとか、彼は執筆していないなどという主張を私は決して認めない。私には、単に自分の書棚にないだけだと、百倍も思われるからだ。なくしたのかもしれない。作者が私に送るのを忘れたのかもしれない、そう思われるのだ。

人々は、木々のように、長い時をかけ、ゆっくりと成長する。樹木――それは幹や花や葉だけではない。蜂の大群だってその一部だ。他のどこでもなく、そこにしかとまらない鳥の一群までも。木に生涯消えぬ烙印を押した、稲妻さえも。

人――創作家――とは、彼の死後に残る、形ある業績だけから作り上げられているのではない。隠されているものもある。徒労に終わった叫びもある。過去に戻れる魔法の豆をつけるハナワラビや、取りこぼした穀物粒のように、畑のどこかに散らばっているものもある。

オタ・パヴェルは、最後の三年間、重い病にあった。何ヶ月間も病院に閉じ込められたあと、彼の人生へ、そしてこの世へと戻ってきていた。際限なく、さらにどこか先へ先へと向かって急ぎつつ。

どんな瞬間にでも、ほとんど動物的に、調和と美と善良さとを尊びながら。

彼は憑かれたかのように、この世の調和と安息とを見出そうとしていた。

だが、さらにその百倍も、自分の仕事に夢中だった。小出しに書くことなどできない。作品を通じて自分のすべてを人々に分け与えることはできたが、そうでなければ一切出せない。すべてを吐き出し、再び力尽きると、病院の門の前で立ち止まる。彼にはそうなることが常にはっきりと分かっていた。そうすることしかできない――鉛筆を削っては、筆を進めた。

千年も昔から繰り返される物語。

それが他の結末を迎えることは決してない。

彼の妻が埋葬から数日後に死亡証明書を取りに行くと、その職業欄には〝作家〟という単語の代わりに〝労働者〟と書き込まれていた。それを読んだ人はみな唖然とした：ほぼ二十年間もの歳月をどうして見誤ることができるのだろうか？　しかし、実質的には、それはさほど大きな誤りではないのだ。真の労働者と真の作家とは、筋金入りのお役人や似非文化人たちが思いこんでいる以上に、近いのだから。自分のシャベルを持ち、苦しくて単調な仕事をも厭わない精神を有し、地下深くを一所懸命に掘り起こしては、地底の贈り物をこの世の光の中へともたらす。そういう仕事なのだ。

私は、魚についての、彼の最後の本を読む。澄み切った、清らかな物語を。それは、善良な人々、木々、やま、それに、魚に囲まれたいという、そして、平等な自然にあふれた原始時代にいたいという、ごくありふれた幸福への憧れを描いた物語だ——私は、白いオウポシュ川から取り出された石のように、素朴で、磨きぬかれたその言葉に同意しては、百回でもうなずく。

ただ、ある一文について——それは彼の短篇小説の草稿の一つに、いくぶん決定的に、いくぶん確信的に、大文字で記されているのだが——私はうなずきたいとは思わない。

私は決して小川の源流にはたどり着けない——

大文字でしたためられた文はそう告げる。本当のことを言わせてもらうならば、私にはそれが、彼のすっかり真実の人生における、唯一の美しい嘘のように聞こえる。

なぜならば、典雅なチェコの言葉も、尽きることのない小川であり、それはもしかすると、どこか雷鳴のとどろく、石だらけの土地の、ほんの小さな涙の粒から始まっていくのかもしれないのだから。

その場所をオタ・パヴェルは知っていた。

ひとりで、永遠に子供の心を持ち続けた彼は、運命にあらがって、来る日も来る日もその岩をこぶしで打ちつけ、源泉から一滴また一滴と落ちるしずくを集めるために、手のひらを広げて、幾晩も待ち続けた。

そうすることしかできなかった。

善き言葉、真実の言葉に対して、王国の半分を捧げようとする、すべての人々のように。

ラヂスラフ・ドゥハーチェク

この本が初めて出版された一九七四年、私はもう出版社、ムラダー・フロンタにはいなかった。いられなかったのだ……。いたいと思いもしなかった。その事実は、言うまでもなく、一番近しい人たちから依頼された「あとがき」に署名することすらかなわないということを意味した。ラヂスラフ・ドゥハーチェク——その本に関わった、熱心で献身的な編集者——は、もちろん、彼自身の名を使って載せることを提案してくれた。嬉しかった。少なくとも、このような匿名の形で、私にとってオタ・パヴェルが、そしてその作品がいかなる存在であったか、多少なりとも語ることができたのだから。

ほぼ三十年がたった今、初版のすべての話を読んでいると、一六四頁の「a」の文字の上にふり忘れられたチャールカが、私の心をなによりも揺さぶる……。もはや、他のものはことごとく、感動を失ってしまった。読書による喜びだけが残っている。

カレル・シクタンツ

訳者あとがき

本作品の主たる舞台は、チェコのクシヴォクラート地方（チェコ語ではKřivoklátsko）である。日本ではあまりなじみのない地名かもしれない。クシヴォクラートはチェコの首都プラハから約五〇km西方に位置する、中央ボヘミアののどかな森林地域である。豊かな動植物相に恵まれ、地質学的に貴重な古い地層がよく保存されている一帯は、景観保護地域に指定されている。バスや鉄道を利用するとプラハから一時間半ほどで訪れることができるため、プラハっ子たちが余暇を楽しむのにうってつけの場所のようだ。ベロウンカ川の河岸にはキャンプ場が作られ、週末には森でハイキングを、川では川下りを楽しむ人々をしばしば見かける。チェコでは森や丘陵、あるいは個人の家屋の軒先までをも通過して景勝地をめぐり歩く散策路が縦横無尽に整備されている。このクシヴォクラート地方にもいくつかの散策路があり、ベロウンカ川を見下ろす丘を通過して森を抜けたり、リンゴとプラムの街路樹が植えられたベロウンカ川沿いの道を楽しみながら散歩することができる。また、十二世紀に築城された歴史あるクシヴォクラート城を擁するこの地方は、歴史ドラマのロケ地としてもしばしば使われることがあり、ベロウンカ川の河岸で中世の衣装に身を包んだ人々に遭遇することもある。

このクシヴォクラート地方は、チェコでいまなお根強い人気を誇る作家、オタ・パヴェルがこよなく愛した地方だ。今では、クシヴォクラートは〝オタ・パヴェルの地〟とも冠されるほどである。そこには、パヴェルの世界が今でも息づいている。足しげく通ったベロウンカ川、カレル・プロシェクが渡し守を務めていたルフの渡し舟と渡し小屋、レストラン『偵察兵』、悪魔岩、ティージョフの城跡。ルフの渡し舟とレストラン『偵察兵』は、なんと今でも現役であり、パヴェルを懐かしむ人々の癒しの場である。

オタ・パヴェルは一九三〇年七月二日にプラハにて父レオと母ヘルミーナの末子として生まれた。兄弟に六歳年上の兄フゴと四歳年上の兄イジーがいる。父は人好きのする有能なセールスマンであり、特に戦前にスウェーデンの家電メーカー、エレクトロルクスで冷蔵庫と電気掃除機を販売していた時には、売り上げ世界一のセールスマンとして表彰を受けるほど、抜きんでた才能の持ち主であったようだ。しかし、そんな父が仕事以上にのめりこんだのが魚だった。たびたびチェコの自然豊かな地方を訪れてはしばらく滞在することを繰り返した。とりわけ、風光明媚なクシヴォクラート地方とそこを流れるベロウンカ川を好み、ベロウンカ川の渡し守、無骨なカレル・プロシェクと意気投合すると、そこで魚釣りに没頭した。オタや彼の兄たちも、当然のごとく、幼少期からクシヴォクラート地方の森や川に慣れ親しみ、釣り名人のプロシェクから魚についての手ほどきを受けた。しかし、一九三九年、レオがユダヤ人であるという理由で、一家は、プラハから約二〇km北西に位置するブシュチェフラットにあった父方の祖父の家への移動を強いられる。一九四三年に二人の兄が、そして一九四四年に父が強制収容所へと送られ、オタは非ユダヤ系の母と二人で厳しい生活を送った。二人の兄たちと異なりオタが強制収容を免れたのは、両親が彼をユダヤ教の出生記録簿に登録しなかったことが最大の要因のようだ。戦後、父と二人の兄は幸運にも生還し、一家は再びプラハに戻る。スポーツを好んだオタは、家族ぐるみで親交のあったアルノシュト・ルスティク氏の推薦により、一九四九年、十九歳のときにチェコスロヴァキア放送においてスポーツ記者として働き始めた。一九五六年には雑誌スタディオンにスポーツ記事を書き始める。一九六二年にプラハのサッカーチーム、ドゥクラの米国遠征に同行し、一九六四年にその経験を『摩天楼のはざまのドゥクラ（原題：Dukla mezi mrakodrapy）』として発表すると、これが好評を博する。そのころから重い双極性障害に苦しめられ入退院を繰り返すが、その間にも、スポーツ選手を取り巻くドラマを鮮やかに描き出した作品を発表する。一九七一年に自らの家族、なかでも個性的な愛すべき父にまつわるエピソードを連ねた自伝的短篇集『美しい鹿の死（原題：Smrt krásných srnců）』を発表すると、大きな反響とともに「カレル・チャペクの再来」と絶讃された。一九七三年三月三十一日に心不全のためプラハで亡くなったとされている。自伝的短篇集の第二作目『ボヘミアの森と川　そして魚たちとぼく（原題：Jak jsem potkal ryby）』は、彼の死後となる一九七四年に出版され、彼の純文学作家としての評価を揺るぎないものにした。チェコで最も有名な作家のひとりであるボフミル・フラバルは、このように語っている：「ノーベル文学賞にふさわしいチェコ人作家を挙げるならば、オタ・パヴェル以外にはいない。彼は最高だ」

この短篇集、『ボヘミアの森と川　そして魚たちとぼく』は、オタの幼少期から晩年にかけての、魚あるいはボヘミア地方の自然との触れ合いを綴ったものである。先に発表された短篇集『美しい鹿の死』が、人間臭い魅力にあふれた父レオの巻き起こす悲喜こもごもの出来事を集めた作品であったのと対照的に、こちらは、オタ本人が主人公となった自叙伝的な作品である。したたかだけれど、どこか憎めない登場人物たちの繰り広げる日常のドラマが簡素な文体で語られ、さながら絵のない絵本のような趣きを醸し出している。

とはいえ、この愛すべき短篇集は、朗らかで爽快な気分では読み終わらせてくれない。【幼年期】の「コンサート」から「おやじとウナギをもてなしたお話」までの夢のような甘やかさは「白いヤマドリタケ」で陰りを帯びる。「お前を殺すかもしれないぞ」と「ドロウハー・ミーレ」では戦争への無力さや差別へのやりきれなさがその陰りを一層濃くするものの、それでもまだ、未来を予感させる強靭さを忍ばせている。【向こう見ずな青年期】は一転して、抑えきれない躍動感に終始する。「のっぽのホンザ」は青春を謳歌した読者であれば、誰しもがうなずきながら読むのではなかろうか。若さと勢いですべての艱難を突破してしまう青年たちの痛快な冒険譚である。「ハガツオ」はさらに少し年を重ね、壮年期に差し掛かるオタと黒海の猛魚の格闘記である。惚れ込んで結婚した妻ヴィエラをホテルに残して漁師たちと出かけたハガツオ釣りの描写は、まさに目の前で繰り広げられているかのように鮮明で、圧倒的な迫力がある。ハガツオの力強さがそのまま物語の安定感につながっている。ところが【回帰】になると、それが一変するのだ。絶対的な静寂へと向けて長いディミヌエンドが続き、行きつく果ては孤独である。まず「ジェフリチカ」で時の流れを思い知らされる。「ぼくらが魚釣りで死んだお話」や「メイド・イン・イタリーの靴」でほろ苦い気分を味わい、「金のウナギ」でおやじの死に言葉を失う。そして、ついに「エピローグ」で耐えがたい孤独と絶望の中に取り残されている自分に気づく。その寂寞に救いの手は差し伸べられない。ただ遠くでおぼろげな光が射しているのが見える。それは子供時代から最後の時を迎えるまで、消えることなく灯り、オタを導き続けた光だろう。それは夜のネザブヂツェ村を照らしていた小さな灯りなのかもしれない。柳の朽ちた幹の中にともっていた淡い灯りなのかもしれない。十一尾のウナギを釣り終えたとき雲の隙間から差した一条の光なのかもしれない。押しつぶされそうな孤独の中で、オタが自殺を考えては思いとどまり続けたのは、このかすかな光の暖かさが彼をぎりぎりのところで押しとどめてくれたからなのかもしれない。

本作品は『黄金のウナギ（原題：Zlatí úhoři）』というタイトルでカレル・カヒニャ監督により一九七九年にテレビ映画化されている。チェコの自然の美しさを余すことなく取りいれた詩情あふれる映画となっているので、機会があればご覧いただきたい。

二〇〇〇年に千野栄一さんがパヴェルの短篇集『美しい鹿の死』（紀伊國屋書店）を、そして伊藤涼子さんが短篇「ハロー、タクシー！」（『文学の贈物』未知谷、所収）を本邦初訳してから、今年ですでに一九年がたつ。その間にチェコの多様な文化が日本でたびたび紹介され、各地で文化交流が行われ、チェコという国がより身近に感じられるようになってきた。チェコを訪れる日本人の数も、近年増えたのではないだろうか。しかし、残念ながら、文化の担い手であるチェコ人の本質を抜き出したかのようなパヴェルの素朴な作品は、新たに紹介される機会を得なかった。今回このように、彼の代表作のひとつである、第二冊目の自叙伝を日本で紹介できるのはこの上ない喜びである。

未知谷の飯島徹さんと伊藤伸恵さんには出版の貴重な機会を与えていただき、さらに、読みやすい日本語に直す作業ではとてもお世話になった。文筆家で釣り人の柴野邦彦さんには、釣りの技術と魚に関する的確なご指導をいただいた。ズデニェク・プロハースカさんおよび紗弥香・カーラロヴァーさんとそのご家族には、チェコの文化や慣習に関する得難い情報を再三にわたって与えていただいた。この場をおかりして、心からのお礼を申し上げます。

二〇二〇年三月三十一日

菅 寿美

本出版物はチェコ文化省の出版助成を受けて刊行されました。
This publication has been supported by the Ministry of Culture of the Czech Republic.

Ota Pavel（作家、ジャーナリスト、スポーツ記者）
父レオ・ポッペルと母ヘルミーナの第三子として、1930年7月2日チェコスロヴァキア（当時）のプラハに生まれる。パヴェルはポッペルをチェコ風に変えたものである。1949～56年にチェコスロヴァキア放送においてスポーツ記者を務め、そののち雑誌スタディオン等でも同様の職を務めた。1964年、プラハのサッカーチーム、ドゥクラの米国遠征に同行した経験を『摩天楼のはざまのドゥクラ（原題：Dukla mezi mrakodrapy）』として発表すると、話題を呼ぶ。後年、双極性障害に苦しみ、入退院を繰り返す。その間にもスポーツ選手を取り巻くドラマを鮮やかに描き出した作品を数作発表するが1971年に自らの家族、なかでも個性的な愛すべき父にまつわるエピソードを連ねた自伝的短篇集『美しい鹿の死（原題：Smrt krásných srnců）』を発表すると、大きな反響とともに「カレル・チャペクの再来」と注目を集めた1973年3月31日に心不全のためプラハで亡くなった。1974年初出の『ボヘミアの森と川　そして魚たちとぼく（原題：Jak jsem potkal ryby）』は、自伝的短篇集の第二作目であり、今もなお、チェコの人々に広く愛読されている。

すが・ひさみ
1972年生まれ。島根大学理学部化学科卒業、北海道大学大学院地球環境科学研究科博士後期課程単位取得退学。北海道大学および中村和博氏のもとでチェコ語を学ぶ。

なかむら・かずひろ
1950年生まれ。明治大学法学部法律学科卒業、小中学校勤務ののち、東京外語大学ロシヤ・東欧学科チェコ語専攻卒業、同大学院博士課程前期終了。外務省語学研修施設、大学書林国際語学アカデミー（DILA）、日本チェコ協会およびチェコ倶楽部でチェコ語講師を務める。

ボヘミアの森《もり》と川《かわ》
そして魚《さかな》たちとぼく

二〇二〇年四月 十 日印刷
二〇二〇年四月二十日発行

著者　オタ・パヴェル
訳者　菅寿美／中村和博
発行者　飯島徹
発行所　未知谷
東京都千代田区神田猿楽町二 - 五 - 九
〒一〇一 - 〇〇六四
Tel.03-5281-3751 ／ Fax.03-5281-3752
［振替］00130-4-653627
組版　柏木薫
印刷　ディグ
製本　牧製本

Printed in Japan
Publisher Michitani Co. Ltd., Tokyo
ISBN978-4-89642-602-1 C0097